U0040925

噢，我的天哪！

Oh, boy!

瑪麗奧德·穆海——著

高竹馨——譯

時報出版

MARIE-AUDE MURAIL

推薦序

滿足閱讀樂趣，與青少年共鳴

李崇建（作家、教育家）

默勒風三兄妹成了孤兒，因為爸爸拋家棄子，媽媽仰藥輕生了。他們短暫受鄰居照顧，然後，社會局的人來安排了。

三個孩子都未成年，緊緊相依誓死不分離，孤兒院也不願意收容，因為收容有年齡與性別限制。社會局專員說服孤兒院長，三人暫時有了棲身之處，專員與法官還有得忙，要為三兄妹指派監護人。

除了不知所蹤的父親，三兄妹在世上還有親人，其一是同父異母的哥哥小巴，「只是」小巴是個同志；還有父親前妻的非婚生女兒，他們從未謀面的姊姊，不能生育卻想要孩子，已經結婚的眼科醫生喬瑟安。這五個人都有共同的姓：默勒風。

故事圍繞三個孤兒漸次展開，開啟一連串「問題」：孤兒像是燙手山芋？西蒙因為天才讓法官慎重考慮？貌美可愛會影響專員判斷？才貌都不突出的老二麼根不受關注？同志已經立法通過了，卻仍然受人「另眼看待」？「正常家庭」看來「不大正常」？校長看重成績勝過生命？

從三個孤兒的問題，緩緩切入了社會議題。

作者將故事中的居處，既刻意又輕易道出來，看似清晰的街道住址，彷彿就發生在生活周遭，就好像作者的那枝筆，蜻蜓點水似的點出問題，卻又不帶鋒利的批判，只是讓一切順流發生，閱讀者能感覺輕微不適感，像旅途中進了小石子的鞋。讀者感覺那種不適感，卻也繼續著這趟行程，因為作者的敘述幽默，隨時有讓人莞爾的畫面，帶點兒悲喜劇的情調，帶著黑色幽默的戲謔感。比如愛咪一直受到丈夫家暴，乃至小巴加入亂局，劇情急轉，很像昆丁塔倫提諾的血腥幽默，讓讀者的同情心短暫出現，也很難為此流出眼淚，一切都讓人感到荒謬又合理，甚至還會鬆了一口氣。比如同志伴侶里歐，看來既歇斯底里，難搞又壞心眼，偶爾流露了同情心，讀者感覺孤兒來了奧援，下一刻風景就變色了：里歐毫不掩飾的表現，同情心只是個工具，他只想著藉此反抗示威。作者暗暗針砭社會現象，既諷刺對同志有偏見者，也調侃了某些同志的心態。

在這些層層的荒謬感，突梯的戲劇場景中，包裹的是三兄妹的純真。三個孩子只是想在一起，他們以最單純的眼光，最純真的行為舉止，與周遭的大人自然連結，一如風中璀璨的小花兒，自然的展現其兒童言行，為成人世界的糾結帶來解答。我因此有個主觀的看法，認為這是作者的用心，對世界懷抱樂觀與希望，每個人的內心都懷著純真，可以因此產生美好的連結，因此，西蒙在病中得到幫助，法官吃巧克力顯得爛漫，小巴新的約會對象如此可愛……

喬瑟安與小巴兩姊弟，一開始將三兄妹當成燙手山芋，到彼此爭取監護權，這樣的敘事如此自然發生，暗示著人的美好心靈被喚醒，卻又令讀者難忘作者對社會的諷刺，產生一連串的覺察與反省。

就我侷限的眼光看來，社會的樣貌不斷演變，現今的單親議題、混和家庭、受虐兒、藥物、性別……家庭結構變化甚於過去，問題的複雜也甚於過去，從我所見各地家扶受助案例，從各國電影中可見一斑。然而，這類題材在台灣兒文難見，因為呈現的社會面貌，以及觸及的敏感議題，都不容易擺放在兒文領域。我過去與青少年相處的經驗，孩子們閱讀此類作品，應會與三個孩子和小巴共鳴。從「辛辣」的社會切面進入，可在社會學、心理學，與家庭教育帶來討論。

作者是二〇二二年國際安徒生大獎得主，據說本書是其代表作，改編成電視劇與舞台劇，在法國都甚受歡迎。我閱讀此書的經驗，場景與語言的確生動，活潑靈動呈現在眼前，不僅滿足了閱讀本身，也開啟了我更寬的視野，看見法國這樣開放的社會存在各種差異的面貌，同時品味著思緒紛飛，與心情跌宕變化的樂趣。

推薦序

觸動你心，讓你感覺溫暖的

楊佳羚（高師大性別教育研究所副教授）

瑞典兒童文學家林格倫曾說，好的故事在於好的開頭，她常為書的一開頭改寫好幾次。雖然我不知道作者穆海是否曾改寫過好幾次這本書的開頭，但我想跟正在展書閱讀的你說：「你一開始讀這本書，絕對會跟我一樣覺得欲罷不能！」

故事始於三兄妹面對家裡只剩他們三個小孩的一天：十四歲的西蒙與兩個妹妹摩根與薇妮絲，約定不被拆散。這讓社工貝娜迪與監護權法官羅虹絲傷透腦筋，而天才哥哥西蒙想到讓他們三兄妹不被拆散的方法則讓同父異母的哥哥小巴驚嚇地說：「我的天哪！」（這就是本書書名的由來！）與小巴同母異父的姊姊喬瑟安也因為被三兄妹的父親收養，同樣姓「默勒風」，而被拉入這混亂的局面中。

為了避免劇透，接下來我對劇情不能再多說。那麼，推薦序還要寫什麼呢？既然這本書被盛讚「用幽默逗趣化解偏見歧視」，我就來談談在引人入勝的劇情中，作者暗藏了哪些議題。

首先，身為眼科醫生的喬瑟安與工作一事無成的小巴形成明顯的對比。對於需要判定兒童監護權歸屬的法官而言，監護人的職業背景絕對在「兒童最佳利益」的考量裡。然而，在故事的發展中，讀者跟三兄妹一樣，會漸漸發現看起來十分「無腦」、生活自顧不暇的小巴有他可愛的一面；讀者可能也跟我一樣，覺得喬瑟安怎麼有點討人厭啊……她跟法官說小巴是「搞gay的」，認為這樣的人無法擔任孩子們的楷模。這不是歧視同志嗎？噢~所以作者穆海顛覆大家的第一個偏見是：具備高教育與高社經地位的人不見得樣樣傑出，反而有時會展現對其它人的歧視；而看似粗鄙無文的人，說不定有更廣闊的心呢！

也許有些讀者想為喬瑟安平反一下，因為她對小巴的看法似乎在生活中可以得到「印證」。例如，喬瑟安跟小妹薇妮絲相處時，被小妹的「超齡」嚇到，因為薇妮絲讓芭比跟肯尼做愛，還會問喬瑟安會不會跟她先生做愛；當薇妮絲玩芭比玩到一半得中斷的時候，還會貼心地把芭比蓋在肯尼身上，覺得這樣可以讓肯尼溫暖一些。喬瑟安認為，這絕對是上梁不正下梁歪，一定是離經叛道的小巴對薇妮絲產生的壞影響！

可能有些爸媽看到這樣的片段，也會跟喬瑟安有類似的憂心：蛤！兒青小說裡怎麼可以出現這種「限制級」的場景！這不會對小孩產生不良的影響嗎？

回想我自己小時候，跟表姊妹們也會用紙娃娃來做愛，因為我們在電影院不小心看到限制級影片的預告。當大人以為小孩對性懵懂無知，是張白紙時，殊不知孩子們從不同管道都有可能得到跟性有關的訊息。我覺得作者的作品中，在在可以看到她對小孩的細膩觀察，不論是薇妮絲的童言童語，西蒙與摩根的早熟對話，或是她另一部作品《單純》裡的成年智能障礙者使用的語句，作者都能到位地呈現。能在薇妮絲身上看到我小時候的身影，真讓我對穆海深感佩服！而且，作者還十分高明地藉心理師的專業來告訴喬瑟安，薇妮絲的表現只是五歲小孩對性好奇的正常言行，並非什麼「壞影響」。此時我忍不住又想搬出林格倫做為例子——當年她要出版《長襪皮皮》時，出版社認為皮皮總是不按牌理出牌，這種壞榜樣會帶壞小孩，沒想到一出版深受孩子們喜愛！噢～所以作者穆海顛覆大家的第二個偏見是：小孩並非「無性」，如果大人覺得兒童文學有可能對小孩造成不良影響，很有可能是距離童年的自己太遠才出現的大驚小怪，而厲害的兒童文學作者們正用這樣的書在提醒我們這件事呢！

此外，當穆海試圖為同志平反時，她並沒有想要塑造出一個「完美」的同志親密關係——小巴的男友是醋罈子，正如樓上鄰居太太在異性戀婚姻長期受暴，或像默勒風先生是不斷「出走」一樣，每段關係都有各自的難題，關係不一定會永久；離開關係，也有各種的可能。

最後，讀者可能會再次轉個彎，發現原來喬瑟安沒那麼令人討厭，因為她跟小巴都各自有著從童年時期就開始累積的心結，而早熟的摩根則有著典型的「老二情結」及被忽略的處境。噢～所以作者穆海給大家的提醒是，請照顧童年的自己，並且在各種邂逅中互相陪伴，讓這些溫暖的觸動為我們解開心結，而得到支撐彼此走過艱難時刻的力量，一起經歷生命中的轉折，以及柳暗花明。

推薦序

放下偏見，立地成家——關於他們終於變成家人的那些事

楊佳嫻（作家、「台灣伴侶權益推動聯盟」理事）

失去父母的默勒風三兄妹——西蒙（十四歲）、摩根（八歲）和薇妮絲（五歲）——不想住孤兒院，不願被分別領養，拳頭疊著拳頭約定好「默勒風一家誓死不分離」——他們能到哪裡去？

《噢，我的天哪！》開頭就讓書中人物陷入人生難局。不過，早熟的哥哥西蒙已經在拼命動腦筋了，監護權法官羅虹絲．戴尚（這案子讓她焦慮到偷吃巧克力），和社會局的貝娜迪，也同樣想著怎麼不讓三兄妹分開。根據西蒙的提示，找到了兩個姓氏也是默勒風、和三兄妹的爸爸有關的監護人候選者：一是

同父異母的哥哥小巴，工作不太穩定的男同志，二是默勒風家的父親在某段關係中收養了伴侶的女兒喬瑟安，她是個已婚異性戀醫生，環境優渥。

根據「常理」判斷，作為監護人，喬瑟安應該比較理想。而當喬瑟安希望能得到監護權時，她質疑小巴的方式是：嘿，那是個gay，一天到晚去夜店釣男人，小孩跟著他能有健全的生活嗎？不過，羅虹絲和貝娜迪並沒有立刻做出判斷。她們並不專橫，孩子們都有表達意見的空間，且會被考慮、採納。

書中時時挑戰「家」的意義與組成：無血緣非姻親者可以一起成「家」嗎？同性戀者一般似乎被視為「家」的「叛逆」，可以擔任家庭的監護者嗎？隔壁被丈夫家暴的妻子，和受不了控制狂伴侶的男同志，可以締結為「家」嗎？一個合格之「家」，必須要有人扮演「父」和「母」的角色才完整嗎？

同時，對於台灣讀者來說，書中也挑戰了兒童認識「性」究竟該把界線畫在哪裡的難題。最甜美可人的薇妮絲擁有好多個芭比，可見她如何受寵，可是，如果像她把芭比和芭比擺放成交配姿勢呢？她申訴「我沒有肯尼」，但是，薇妮絲以「她要跟另外一個孤單的芭比做愛」來應對。究竟是「沒有肯尼的芭比們可以彼此取悅」，還是「孤單的芭比不只可以和肯尼在一起，也可以和其他芭比在一起」？

突如其來的家人，讓小巴得學著調整生活。「三個弟妹在他的心上打開一道縫，讓旁人的苦痛也滲進他的心裡」，一個人也能煥發強大的愛力，怕麻煩的小巴，後來甚至願意介入隔壁的家暴，去保護那老帶著傷痕的妻子。當然，對他的質疑也無所不在，不只喬瑟安，當西蒙罹患血癌住院，某個年輕醫生知道小巴要捐血小板給弟弟，還是提出疑慮：「讓一個同性戀來捐血還是有些風險的。」愛滋恐懼導致男同性戀捐血規定重重，事實上，法國在二〇二二年才放寬男同志捐血前必須禁慾四個月的要求。

《噢，我的天哪！》主要劇情是三兄妹找家，可是，這過程也帶出了小巴的變化。成為「哥哥」，必須照拂弱小的弟妹，讓他快速成熟，且訝異地發現自己竟然能承擔他人的生命。書末，大妹摩根說出「愛的宣言」，她說西蒙是她的另外一半，人不可能跟另一半的自己分開，「活得只剩下一半」是多麼悲哀啊。這讓小巴也醒悟，他捐血給西蒙，他跟西蒙也是一半一半，因此他認為摩根也是自己的另一半。薇妮絲大喊：「我是每個人的另外一半！」一定逗樂了她的哥哥姊姊和所有讀者。然而，更讓人意外的是，成熟了的小巴，他對毫無血緣關係的「競爭對手」喬瑟安說，妳是我的另一半。而喬瑟安也給出回報，「我是小巴的姊姊」，她唸出當下時間幾月幾日幾點幾分，「我接受這件事」，就從這一刻開始。

經歷了西蒙和病魔艱苦奮鬥，小巴變成有責任感的大人，和原本高高在上、以自身中產階級生活和價值觀為傲的喬瑟安，打從心底改變了態度——結局真的實現了「默勒風一家誓死不分離」的誓言。不只三兄妹能繼續抱團，還包納了未必有血緣關係者如喬瑟安，即使在監護權一事上，喬瑟安和小巴隱隱然還是存有張力，總算能以孩子們的快樂優先，願意彼此合作。

至此，我們放下書，和羅虹絲法官一樣打開抽屜拿出偷偷藏在底下的黑巧克力。不是因為焦慮，是為另類的「有情人終成眷屬」而心滿意足。

Oh, boy!

噢，我的天哪！

目次

獻給

丹妮爾·碧松斯（Danielle Buyssens）

「幽默感是一個人大聲宣告尊嚴的做法，表示這個人確信，無論遇上什麼事他都能駕馭。」

——羅曼．加里（Romain Gary）

第一章

默勒風三兄妹成了孤兒

默勒風一家人住在巴黎的美心路十二號，兩年了。第一年，這裡有一家五口；第二年剩下一個大人和三個小孩。今天早上，只剩三個孩子：十四歲的男孩西蒙、八歲的女孩摩根、五歲的小女孩薇妮絲。

「我們來約定個誓言怎麼樣？」摩根提議。「約定說沒有人能拆散我們三個。怎樣，西蒙？」

薇妮絲舉起手，準備立誓，年紀最大的西蒙卻還在沉思中。他坐在毯子上，背倚著牆，看了一下手錶，想著：還有十五分鐘……只剩十五分鐘來挽救眼前的處境。社會局的人快到了，那個阿姨曾向西蒙保證會找到一個一勞永逸的方案。到目前為止，那個社會局阿姨只找到臨時救過火的人選：薇妮絲的保母、對門的門房太太、樓上的鄰居太太都幫忙照顧過他們。但是，再怎麼慷慨的好心人也會害怕這三個孤兒真的就此待下，一下讓十四歲、八歲、五歲的三個孩子住進他們家。現在，三兄妹一起，就在這間公寓裡，等待薇妮絲口中的「社位局」的人來找他們。

「她會把我們丟給孤兒院，」西蒙猜。

畢竟三兄妹沒有其他家人，沒有阿公阿嬤、叔叔阿姨，連個乾爸都沒有。默勒風一家只剩三個孩子而已，沒有別人。薇妮絲看著姊姊，眼睛裡寫著問號。

「孤兒院，就是給沒爸沒媽的小孩住的旅館，」摩根解釋。

「噢，」薇妮絲只回了一個字。

昨天開始，他們成為「沒爸沒媽的孤兒」，薇妮絲明白他們三個成了孤兒。旁人沒道理說謊呀。但是再怎麼說，她也想不通，媽咪就算死掉了，週一不是還得開車載她去上舞蹈課嗎？那個舞蹈老師最討厭學生缺課。

西蒙又看了一下手錶，十分鐘。只剩下十分鐘。他瞥見自己錶帶周圍的手臂有一道紅色印子，是昨天出現的。他拉下袖子。

「爸爸沒有死掉，他只是不見了，」他還是一副沉思的樣子，說著。「他們會去找出爸爸的下落。」

但是，社會局的人早就找過他了，要他付孩子的贍養費。最後只發現他很年輕時曾經有過另一段婚姻，那次也是一樣拋棄老婆跑了……

「有了！」西蒙彈了一下瘦弱的手指，叫出一聲。

有了！他有方法了！那個曾經和爸爸結過婚的女人？當然不是她，那個女人大概會像薇妮絲的保母或對面的門房太太，一看到三個孩子被送上家門，就擺出那種「下不為例」的臭臉。才不是她呢！他們一勞永逸的方案是依靠這樁婚姻生下的兒女。

「我們……有同一個爸爸。我們血、血濃於水。」

西蒙因這個念頭一震，斷斷續續說出口。他們還有家人！就算從沒見過，就算今天是他第一次想到他們，畢竟這些人還是跟他們有同一個姓。

「默勒風家還有其他人！這個要命的姓，除了我們三個之外，還有其他人跟我們一樣姓默勒風！」西蒙激動起來。

五分鐘，五分鐘之後，他必須說服社會局的人，西蒙握緊拳頭。

薇妮絲問他：「我們到底發不發誓呀？」

「要發，」大哥說著。「兩個妹妹，聽我說，地球上還有其他跟我們同樣姓氏的家人，我不知道有幾個，他們是比我們早出生，年紀比我們大，同父異母的哥哥或姊姊，妳們明白嗎？我們必、須、讓他們得到我們的扶養權。」

薇妮絲眼睛半瞇，眼前浮現幾個劍客揮舞著劍：「默勒風家三兄妹的扶養權！」

西蒙是個比較務實的人，他已經想到兄姊對他們三個可能有法律上的扶養義務。

西蒙伸出拳頭說：

「默勒風一家誓死不分離。」神情分外嚴肅。

摩根也伸出拳頭疊上去，薇妮絲依樣疊上她的拳頭，一起說：

「默勒風一家誓死不分離。」

薇妮絲又說：「你手臂上那個是什麼？」

西蒙拉下撩起的袖子，含糊說：「沒什麼，撞到的。」

關門的聲音傳來，社會局專員貝娜迪．沃豪來了。

「孩子們！有了！」貝娜迪剛爬上樓，喘著氣。「我有方法了！」

「我們也有，」西蒙回答。

「對呀！大哥哥要來照顧我們了！」薇妮絲學著蒙面俠蘇洛揮舞著一把無形的劍，畫出一個Z字。

摩根試圖帶著客觀的樣子說：「就算是爸爸跟別人生的小孩，也是我們的家人。我學期平均九十五分。雷珊平均九十分，我排名比她高。」留意到社會局阿姨驚訝的眼神，摩根繼續努力解釋：

「雷珊是我朋友，她是中國人，她爸媽不是她真的爸媽，她是被收養的，但是她覺得有比沒有好。就像我們有同個爸爸的哥哥姊姊一樣，有比沒有好。」

貝娜迪心想，「這些孩子真的被嚇壞了。」她需要用簡單的方式來切入話題。

「好了，」貝娜迪說，「我幫你們找到在扶利梅西谷區的孤兒院，就在附近，你們可以繼續上同一間學校……」

「妳沒聽懂嗎？」西蒙打斷她。

「對！我們要去哥哥家！」薇妮絲尖聲說。顯然她更喜歡多一個哥哥照顧，而不是姊姊。

「不然我們就自殺，」摩根淡淡表示。

貝娜迪聽著這句話，心中一驚。旁人為了不讓默勒風三個孩子太恐慌，說了謊。他們對孩子說媽媽不小心出了意外，從樓梯上跌下去死了。事實是她先吞了清潔錠，結果害怕後果太痛苦，於是走出門呼救，最後從樓梯上跌下去。差不多是自殺的。

「聽我說，孩子們……」

「不對！是**妳**要聽我們說，」西蒙說。「我們有家人，他們應該要被通知。爸爸還有其他的小孩。」

其他兄妹數量多少，是男還是女，西蒙從來不知道，也從不感興趣，但是有一天，媽咪非常憂鬱時，西蒙曾聽到她脫口而出：「這個爛人！就這樣丟下小孩走了！也不是第一次嘛！」

「默勒風這個姓不常見，一定可以找到他們。」西蒙態度堅持。

貝娜迪搖搖頭，表情不置可否。

「現在最重要的是先帶你們去孤兒院。」

西蒙說：「錯！現在當務之急是了解孤兒的扶養權歸屬，假設兄妹已經成年了，什麼樣的情況下孤兒弟妹的扶養權會落在他們身上？妳方便找一本民法典給我嗎？」

貝娜迪看著西蒙，啞口無言。她見過很多青少年，但是印象中大部分青少年不是這樣講話的。

「我智商高於常人。」西蒙的解釋聽起來像是道歉。

一開始，扶利梅西谷孤兒院院長梅歐先生不願意收默勒風家三兄妹。他的孤兒院只接受十二到十八歲的男生，西蒙符合，其他兩個妹妹不行。

「他們還驚魂未定，」貝娜迪解釋。「現在拆散他們的話，我怕他們承受不住。我打算幫他們找個接待家庭，但是，在找到之前……」

貝娜迪邊說邊打量四周，評估院內環境是否良好。青少年男孩們在她身後的迷你足球台邊對戰，不時爆出陣陣髒話：「你這雜種！」「我要把你宰了！」

「默勒風家的孩子沒有什麼朋友，」她繼續說，「多跟同年齡的孩子作伴比較好。」

「五歲和八歲，」梅歐先生看著眼前的孩子，一臉遲疑的說，「離青少年有點遠啊！」

貝娜迪決定換個說法，激起梅歐先生的同情心：

「他們真的太慘了，爸爸人間蒸發，媽媽憂鬱症發作，才剛吞了太陽牌洗碗錠自殺。」

梅歐先生一聽，臉都皺起來了，很痛苦的樣子。他身後的叫罵聲已經沒了，大家都豎起耳朵。

「好吧！讓他們來，」梅歐先生妥協了，似乎有點罪惡感。「我願意幫這個忙。」

就這樣，摩根和薇妮絲特例得到孤兒院的一個小房間。與其說是小房間，簡直像是個掃帚間整理出來，臨時挪用來給這對姊妹的。唯一的窗戶面向天井，正對一條破舊的汙水管，將水排到路面，滴滴答答的製造出惱人的水聲。相較之下，哥哥分到的房間則豪華許多，既明亮又寬敞。不幸的是，西蒙必須跟一個同齡的男孩托尼住在一起。每天晚上，西蒙都感恩迷你足球台的發明人，如此一來，托尼才能每晚跟大夥兒一起待在遊戲間，玩著迷你足球台。這個時候——只有這個時候——西蒙才會把藏在行李箱深處的課本拿出來讀。從小他就知道要把自己跟同儕的差別藏起來，甚至早在他還在托兒所的年紀時，就了解到這個必要。

「監護人因年紀因素、健康狀況、距離過遠，或因其工作或家務之故，使其監護負擔沉重不能負荷者，可免除監護義務。」

西蒙倚著牆坐在地毯上，讀著學校圖書室借來的民法典，逐字掂量每個字的分量。依照法律看來，未成年孤兒的祖父母很難拒絕法定的監護義務。但是對於未成年孤兒之兄姊有什麼義務，法條則沒有多加著墨，更別說是同父異母的兄姊。房門上的一聲細響打斷西蒙閱讀，兩個妹妹潛入房間。

「怎麼樣？」摩根用敬愛的語氣問。

「我還在看，」西蒙一邊回答，一邊闔上民法典。「之後我還得研究刑法，看看如果我把『兔牙哥』殺了要做幾年牢。」

「兔牙哥」是托尼的綽號。

「妳們兩個晚上能待在一起，」西蒙跟妹妹說，「很幸運。」

西蒙看過她們兩個人的床，兩張靠在一起，他寧可跟那些玩偶一起擠在她們的床尾睡覺。

「是沒錯，但是摩根說故事沒有說得比媽咪好，」薇妮絲抱怨說。

一陣沉默籠罩默勒風三兄妹，是傷痛造成的沉默。

「好了，」西蒙的嗓子微啞，「下週二我們要見法官了。」

「為什麼我們要見法官？」薇妮絲不平的問。「媽咪死在樓梯間，又不是我的錯。」

西蒙問摩根：

「妳可以跟她解釋嗎？」

「這不是要處罰我們的法官，」摩根說，「是要決定我們離開這個孤兒院之後，要去哪裡的法官。」

「妳到外面跟她解釋吧，」西蒙一手指向門外，打斷她。「我還要想想。」

兩姊妹沒有異議，走出房間。西蒙的思考時間是神聖不可侵犯的。他看看自己的錶，這時已經晚上九點十五分，錶帶周圍的手臂上，那道紅色印子開始泛青。在他另外那隻手臂上，還有另一道一樣的傷痕，他不想去理這個傷。

「九點十五分，」他低聲說，試圖逼自己專注在另一件事。

兔牙哥九點半就會回房了，那麼，到那之前還有多少時間？十五分鐘，還有十五分鐘可以拿來哭。

「這一切，」西蒙用枕頭蒙住自己的啜泣聲，「一切只要時間管理得好，都能做到。」

夜幕降臨，西蒙一邊低喊著：「媽咪！」一邊睡著了。

隔天早上，西蒙在走廊上遇見兩個孤兒院的男孩，他們不認識，只有打過照面。這兩個男孩擋住他的去路。

「兔牙哥昨晚在遊戲間說的有關你媽的事，是真的嗎？」

西蒙評估情況，走廊只有他一個人，這兩個男孩都比他高出一個頭。他躲不掉，也不能激怒他們。

「我不知道你們說的是什麼，」西蒙不慍不火的說。

「就是說，你媽是喝鴨子牌通樂自殺的嗎？」

西蒙心裡一陣痛，拉扯著他瘦弱的身軀。他終於明白別人為何會用又懼又憐的眼光看他，還有為何他人一出現，四周的竊竊私語就戛然而止。他緩緩的笑了一笑，接著回答：

「什麼鬼啦！是烤箱清潔劑好嗎！」

扶利梅西谷孤兒院已經收容了各種悲慘少年，但西蒙的悲慘程度令人好生敬畏，兩個高個子男孩，嚇得背貼著牆，讓西蒙通過。西蒙一走進早餐房，就看到已經坐好的兩個妹妹像是剛哭過。

「怎麼啦？」西蒙一邊坐到他的碗前，一邊問。

「是兔牙哥，」摩根回答。「他說，媽咪死掉是因為，喝了，喝了……」她抽抽搭搭的哭起來，說不下去。西蒙看向小妹，她悄聲說，像是說一個丟人的祕密：

「因為喝了鴨子牌通樂。」

西蒙又緩緩的笑了一笑，這是當他一下不知道怎麼回答時，慣用的方式。

「亂說什麼，」他用威嚴的聲音說。「我們家什麼時候有看過鴨子牌通樂？」

「是嗎，」薇妮絲低語，看起來受到不少安慰。

第二章

默勒風三兄妹等待有緣人

監護權法官羅虹絲．戴尚是個美麗、有活力的女士，身材渾圓，工作時靠著猛吞黑巧克力補充能量。藏在抽屜裡的雀巢52%巧克力，苦中帶甘甜，滑順中帶澀口。法官女士看著默勒風三兄妹枯燥的檔案，決定犒賞自己兩塊既黑且硬的巧克力，她就著整片巧克力直接咬下，在上面留下牙印。

「進來！」聽到敲門聲，她有點不解，對著門說。

她急急關上抽屜，用小指抹抹嘴角，擔心巧克力的痕跡會洩漏她的小祕密。年輕的社會局專員貝娜迪走進法官辦公室。這兩位女士共事不久，還不太熟。

「請坐，」羅虹絲嘴裡黏著巧克力，但是神情莊重，看不出異樣。

貝娜迪怯怯的坐在椅子邊上。

「我請妳來，是要討論默勒風兄妹的事，」法官說。「首先說，他們在妳安排的孤兒院還適應嗎？」

法官的聲音生硬，讓貝娜迪以為是責備。她盯著法官，不知道該怎麼回答。羅虹絲誤以為自己唇上有巧克力，裝出一個苦苦沉思的手勢，抹抹嘴角。

「他們反應怎樣？」

「這個，我……他們看起來驚魂未定，」貝娜迪還是偏好這個說法。

「當然了。最大的哥哥……是個男孩，對吧？」

「是的，他叫西蒙。」

「十四歲，是嗎？」

「是的。」

「他目前狀態是傾向封閉還是有攻擊性呢？」

「都、都沒有……」貝娜迪遲疑的說，不知道自己對這個男孩該有什麼想法。

「他能說話嗎？」法官追問。「他嚇到了嗎？」

「不……太……是這種狀況。」

法官微慍的翻起檔案。

「簡直不可思議！」她說。「看看這是什麼荒蕪的窘境！沒有家人、沒有朋友、什麼都沒有！孤立無援！我連能指定誰當監護人都不知道，或是有什麼人選能組個監護顧問團。」

「薇妮絲有一個保母，如果需要找接待家庭，她可以照顧薇妮絲。」

「唉，是沒錯，」羅虹絲嘆道，「但是這就要拆散三兄妹，有點遺憾了。十四歲，這個男孩，在念國三嗎？」

「他念的是高三，」貝娜迪嘀咕說。

「不可能，十四歲怎麼可能念高三，」羅虹絲糾正她，一副理所當然的樣子。

接著，她眉頭一皺，看到檔案裡寫著：「西蒙．默勒風，十四歲，就讀私立聖克羅蒂中學，高三理組。」

「他是天才資優生！」法官驚嘆道。

「可以這麼說！」貝娜迪終於釋懷西蒙帶給她的不安。「他不像個普通的孩子，他說自己的智商高於常人。」

「他的確是，」羅虹絲評論。

默勒風兄妹的檔案突然變得有趣起來。法官感到自己手裡可能決定一個天才少年的命運。西蒙．默勒風，連這名字都引人入勝，小說人物般的名字。

一個孤僻的美麗少年。羅虹絲心中彷彿出現了一股巧克力也無法壓下的母愛渴望。看著一個天才少年成長、幫助他尋找生命的平衡、鞭策他前進。羅虹絲混亂的想著，重複唸著：「西蒙・默勒風」。

「妳說什麼？」她嚇一跳。

正當法官沉浸在自己天馬行空的想法時，貝娜迪還繼續說著其他的事：

「有關同父異母的兄姊那件事……」

「什麼同父異母的兄姊？」羅虹絲驚訝的問。

「可能有其他默勒風家的後代，默勒風爸爸可能曾經結過婚，生下過其他小孩。」

「檔案裡沒有寫這一段。」

「是那個男孩說有的。」

貝娜迪不太欣賞西蒙跟她說話的方式。

「如果真的有其他默勒風家的人，這件事非常重要。這個姓不常見，讓我查查……」

話沒說完，羅虹絲轉了椅子，面向電腦，沒兩下就連上了全國人名資料庫，她打了：「默勒風，巴黎」，螢幕顯示一個「喬瑟安・默勒風醫生」還有一個「巴特雷米・默勒風」。法官抄下兩個地址，為求謹慎，又再搜索一次全法國內這個姓氏，沒有其他人。

羅虹絲看了一下她的行事曆：下週二她要見默勒風三兄妹，今天是週五。她必須趕緊進行這個小調查。喬瑟安・默勒風醫生就住在她的辦公室附近，她打算從這裡開始，明天行動。

星期六早晨，羅虹絲來到巴黎老鼠山公園附近一個高級大樓樓下。這位默勒風女士是眼科醫生。開門的是一個稍有年紀，身材渾圓的太太，身材圓這一點讓法官感覺可親。她一本正經的問道：

「有預約嗎？」

「沒有，我是兒童監護權法官羅虹絲・戴尚。」

羅虹絲知道，大部分人聽不懂她的職稱是什麼意思，但是單單「法官」兩個字就能嚇人。

果然，默勒風醫生的助理將手放在自己厚實的胸上，彷彿要壓住跳出來的心臟。

「發生什麼事了？」她問。

「不是什麼嚴重的事，」法官一邊心想著孤兒兄妹，一邊回答，並說：「至少，對喬瑟安．默勒風醫生來說不是什麼嚴重的事，我是來跟她談談她的父親：喬治．默勒風。」

「他才不是喬瑟安的爸爸！」太太大叫出來。「我的女兒……默勒風醫生是我的女兒。」

法官做出一個她了解的手勢。

「我的這一任丈夫法律上收養了我的女兒，所以她帶這個姓。如此而已。」也就是說，喬瑟安．默勒風是喬治．默勒風收養來的女兒，跟默勒風三兄妹沒有血緣關係。

「這麼說來，喬治死囉？」這位太太眼中閃過一點光芒。

法官一臉寫著「妳不用幻想了」的樣子，說：

「太太，我不是為遺產來的。如果真要說，他留下的遺產可能難以承受，默勒風先生留下三個小孩嗷嗷待哺。」

這位太太倒退一步，像是想要躲避天花板上砸下來的什麼東西：

「哎呦！我跟妳說過了，我女兒跟喬治．默勒風一點關係都沒有，我也沒有！」

這位太太的語氣乾澀，幾乎是難聽了。羅虹絲．戴尚心裡湧起一股怒氣，幸好，天才少年西蒙跟這個潑婦一點親緣都沒有。

「妳們姓同一個姓就是個關係，」羅虹絲反駁說。「我希望妳女兒能在十二月十三號早上十一點來找我，這是正式傳喚。也許她會比妳更關心這件事？」

羅虹絲不太滿意。一回到了馬路上，她馬上想到自己忘了確認最後一個重要問題：巴特雷米也是喬治收養的兒子嗎？如果是這樣的話，默勒風三兄妹僅存的希望便要隨風而逝，他們只能成為靠國家扶養的孤兒，住在孤兒院裡等待家庭收養，而且希望渺茫。

巴特雷米．默勒風住在瑪黑區，五樓的公寓，沒有電梯。法官女士一看見陡直的樓梯，心都涼了。隨即手伸入口袋，手腕一扭，喀一聲，掰下一塊巧克力，悄悄放入嘴裡。因為眼前這五層樓梯，她打算不把巧克力塊咬碎，留著它們在嘴裡融化。她愉快的讓軟化的可可成分在舌頭上堆疊，均勻裹滿味蕾表面，沾滿牙床，但一邊又要忍住不咬下去，留著融化中的巧克力塊中心最堅硬的部分，這是一種折磨。但是不行，不能咬下去。融化中的巧克力塊一再經過臼齒，卻不能咬下去。爬到四樓時，羅虹絲再也受不了了，把剩下的巧克力徹底咬碎。

「巴特雷米．默勒風先生嗎？」

一個臉上長滿雀斑，有點流裡流氣的年輕男子來應門，門開了一點縫。

「不是，我是里歐。」

「羅虹絲．戴尚，監護權法官，我想要跟默勒風先生說話。」

「他不在，什麼事？」

男子講話的方式有點侷促的樣子，嘴裡的句子糊在一起，說不清楚。

「是有關他父親的事，喬治．默勒風。」

男子本來三七步倚著右腳站著，突然扭成左邊，喊出來：

「小巴才不管他爸爸死活呢！」

「也許吧，」羅虹絲說。「這不是你說了算，我希望默勒風先生在十三號早上十一點來見我。這是我的名片，記住了嗎？週二，沒有第二句話，國家法律指定他到場。」

這個男子沒有回嘴說出自己才不管什麼法律呢，但是他左閃右躲的眼神間接表示這一點。

當羅虹絲回到家時，感到自己一整個早晨像是白白耗費精神。到底誰可以接管這三個孤兒呢？她重複唸著那個小天才的名字：「西蒙．默勒風」，然後她笑了，這件事她會負責到底。

西蒙打的算盤不是這樣。他也開始了自己的小調查，首先，他逼出貝娜迪目前已知的資訊，得到其他默勒風家成員的消息。週一晚上，在妹妹的房間裡，西蒙和妹妹一起舉行了屬於他們三個的「帕瓦會」。三兄妹仿照印第安人傳統，盤腿坐在地上，將被子裹在身上。以前在家裡時，帕瓦會的晚上，他們還會點一支煙斗。喬治喜歡各種詭異的小儀式，覺得很好玩，媽咪對他說：「你真是不負責任。」媽咪如此常對爸爸說這句話，讓他最後親身用離開來證明，她沒看錯。

「聽我說，女孩們，」西蒙說，一邊盤腿坐著，身上裹著被子，「這就是我們目前的狀況，這世上還有兩個默勒風家成員。」

「男的還是女的？」薇妮絲問，對她來說這是至關緊要的問題。

「一個是眼科醫生，女的。」

薇妮絲連口都沒開，摩根像是解釋哥哥說話的字幕一樣，快速的說：

「就是檢查眼睛的醫生。」

「她叫做喬瑟安，但是，她不是真的默勒風家的人。她跟我們同姓是因為爸爸認了她。」

「爸爸怎麼認識她？」

西蒙對妹妹做一個手勢，摩根只遲疑了一下下。

「就是說爸爸收養她，就像我的同學雷珊那樣。」

「是嗎，」小妹柔柔的說。

「另外一個默勒風人，就是真的。是我們同父異母的哥哥，在一個古董店工作。」「銷售員」這個職業讓西蒙微微反感，他想，不就是笨蛋的同義詞嗎？不過，他將最精彩的留到最後：

「他叫做巴特雷米。」

「哇！」兩個妹妹叫了出來。

「是聖經裡的東方三賢士[1]之一！」薇妮絲驚嘆道。

摩根和西蒙相視一笑，兩人知道小妹把這個名字跟巴爾塔扎搞混了。但是這個大哥騎著駱駝趕來的形象讓他們感到開心，三人久久不語，彷彿被一種魔力

1 譯註：聖經中來自東方的三位賢者，得知耶穌出生，前來尋找耶穌。有人認為三位賢者分別名為巴爾塔扎、墨爾基和加斯帕。

感染。這麼聰明的西蒙完全都沒有料想到，他們的大哥並不在乎他們的死活……

法官女士絲毫沒有陷入這種不切實際的幻想，週二早晨，她在等待默勒風家人前來之前，先跟社會局專員開了一個小會。

「喬瑟安．默勒風女士，三十七歲，她真正的名字應該是喬瑟安．彭，五歲時被喬治．默勒風收養，不過現在，她的姓不應該是默勒風了。」

「為什麼？」羅虹絲驚訝的問。

「三年前，她跟東皮耶先生結婚了，不過為了延續她的病患客群，她沒有改成夫姓[2]。」

果然，這位眼科醫生與三個小孩子的關係可沒這麼簡單。

「可惜啊！」法官嘆了口氣。「一個高級住宅區的眼科醫生，可以成為我們很好的監護人。」

兩位女性相視一笑。儘管兩人各自有不同的方式，但都真心在乎默勒風三兄妹的事情，這點拉近了她們的距離。

「巴特雷米．默勒風才二十六歲，」貝娜迪接著說。「妳看過他了嗎？」

「沒有，眼科醫生我也沒看到。不過這一位確實是喬治．默勒風的親兒子沒錯，雖然從沒見過他爸爸。」

法官陷入長考：「同父異母的哥哥啊……」

究竟該不該把這麼繁重的責任交到一個年輕人身上？此外如果他拒絕與自己的親弟妹往來，法庭究竟該不該處罰他？

「進來！」

羅虹絲看了一眼手錶，才十點五十分。

「喬瑟安．默勒風女士。」祕書的聲音從門縫外傳來。

「來了，來了。高級住宅區的醫生。」

貝娜迪正襟危坐，露出好奇的神色。默勒風三兄妹的狀況走至如此淒慘的局面，目前只能期待蒙面俠蘇洛出現。眼前的蘇洛穿著淺灰色套裝，羅迪爾牌針織毛衣。

「兩位，早安。這位就是法官戴尚女士嗎？不好意思，我直說了，法官大人這樣一早把我傳喚過來，讓我很為難。今天早上十一點，我本來排了一個白內

2 譯註：法國女性在結婚後要拿掉自己原來的姓氏，冠上夫姓。不過實際上，有些婚前在職場上已有知名度的女性，則只在法律行政文件上改姓，工作上照舊使用原本的姓氏，或是將夫姓與自己原本的姓氏並列。

障手術，要幫一個老太太開刀。怎麼可以這樣打亂醫生排好的行程？」

喬瑟安滔滔不絕的說，語氣緊繃。但她絕對不是什麼路人甲，羅虹絲必須要讓她知道這件事跟她大有關係。

「把妳的時間表打亂，我感到非常抱歉，」羅虹絲開始覺得需要補充巧克力，她回擊。「確實，這只是三個孤兒的小小問題，爸爸拋棄他們，媽媽才剛死。」

「感謝妳一番教誨，」眼科醫生嘲諷說。「我們就事論事吧！這三個小孩難道沒有祖父母嗎？」

「沒有任何家人，除了妳之外，和……」

喬瑟安匆匆打斷：「他們不是我的家人。」

「妳是默勒風家收養的一分子。」

「沒錯，只要仔細找關係，我們都跟某個小孩有關係，」喬瑟安語氣依舊嘲弄。「他們幾歲？」

「十四歲、八歲、五歲。」

「五歲的那個，是男孩嗎？」

「是個小女孩。」

「小女孩……如果真的沒辦法，」醫生語氣放軟，像是一個有點心動的買家，「她長得可愛嗎？」

「我不知道，我沒看過她。」

法官和社會局專員交換了一個反感的表情，這兩個人沒有辦法猜到喬瑟安三年來試圖懷孕未果，三次失敗的人工受孕讓她幾乎憂鬱起來。因此，如果有一個現成的五歲小女孩，漂亮又聰明，何必拒絕呢？喬瑟安聽說過有些人一收養小孩之後，就立刻懷孕了。

「當然，另外兩個，不可能，」她補充說。像是將西蒙和摩根反手推出門。

他們年紀太大了。

「我們盡量避免拆散兄弟姊妹，」貝娜迪介入說。

「所以要收就要一整套囉？」喬瑟安嘲諷的語氣此刻顯得不太恰當。「我祝那個中大獎的人開心。」

三下輕輕的敲門聲打斷了她們的對話。

法官心漏跳一拍。就要看到那個小天才了。她沒料到自己居然心心念念這件事，其實她也一樣，早就在心裡把這三兄妹拆散來看了。不過，當他們三人走進辦公室，哥哥把兩個妹妹推在身前走進來時，法官和醫生就明白眼前三人是拆不散的。要拆散他們，簡直像是要用鋸子才鋸得開。看到西蒙的時候，羅虹絲忍不住發出了一聲失望的「噢」。這個小天才居然是個瘦皮猴，圓圓的眼鏡後方，瞇著一雙疑心的眼睛。他的大妹摩根，朝天鼻上掛著一副紅框眼鏡，非常符合四眼田雞這個形容詞，一對招風耳，用個髮箍細心襯著。

「誰是法官？」薇妮絲問道。

她細細的聲音讓三個大人泛起微笑。

「真可愛，」喬瑟安忍不住輕聲說。

薇妮絲就是那種穿羅迪爾牌針織毛衣的女士會想擁有的孩子，暖金色的頭髮、湛藍的眼睛，這就是那種讓人心一軟，忍不住說：「我想要這孩子！」的小女孩。不過喬瑟安看到西蒙將手放在小妹肩膀上後，克制住這個想法。西蒙察覺到這一點了。

「我是法官，」羅虹絲說，「但是放心，我是來幫你們的。你們三個坐下吧。」

羅虹絲用眼角偷看西蒙，他穩穩坐進椅子，兩手交叉在胸前。羅虹絲開始報告：

「你們都認識貝娜迪吧？是負責幫助你們的社會局專員。這位是喬瑟安・默勒風。」

「我不知道為什麼，這裡的三個阿姨怎麼都這麼漂亮！」薇妮絲驚嘆出聲。

這個稱讚來得措手不及，卻也切合事實。三位女性泛起微笑。

「喬瑟安．默勒風跟你們同一個姓，但不是你們真的家人，她是……」

羅虹絲遲疑了兩秒，對著急的西蒙來說，稍慢了一秒。

「這是我們同父異母的哥哥的同母異父的姊姊，」西蒙補充她沒說完的句子。

「沒錯，可以這麼說。西蒙，你的歸納能力非常好。」

西蒙很高興法官用跟大人說話的方式對他說話，他微微點了點頭，作為道謝。

「回去上學了嗎？」羅虹絲問他。

「上次物理期中考，我拿了九十五分，學校的事我不擔心。」

西蒙一邊說完，一邊覺得自己說錯話了。他這句話說得有點自負，就像許多其他時候，他說出來的話言不由衷。他其實想說：「不去上學有什麼關係？我想要來看巴特雷米，我想要我的大哥，我需要他。」他眼鏡後的眼睛微微泛光。

「巴特雷米呢？」摩根問道。西蒙什麼都沒說，但她就像西蒙的翻譯官一樣。

「他遲到了，」羅虹絲直接了當的說。

「他還在幫他的駱駝找停車位，」西蒙低聲道。

兩個妹妹噗哧一笑。

「你們覺得他真的會來？」喬瑟安說。「你們不知道巴特雷米是怎樣的人，他只在乎他自己，他還是同……」

敲門聲響起，祕書說：

「默勒風先生來了。」

三個孩子激動得站了起來，自從知道這個人的存在後，他們沒有一秒不想著這個人。薇妮絲已經為他畫了四張圖。巴特雷米走進來，喘著氣，顯然剛跑過來。

「法官是在這邊嗎？」他喘著說，看起來一臉狀況外。

羅虹絲和貝娜迪張著嘴，說不出話來，白馬王子終於來了！終於！儘管如此，羅虹絲還是記下兩三點不太滿意的細節：戴著耳環、正值冬天居然有曬得完美的古銅膚色、一撮撮漂金的頭髮。

「我畫的圖在哪裡？快點，我畫的一家人，」薇妮絲帶著哭音說。

西蒙沒有找到，他大哥的出場讓他傻眼了，他想像中的巴特雷米身高兩百公分，會用粗獷的嗓音對他們說：「孩子們，這裡不是我們的地方，我們去澳洲吧。」

「我不知道你們要判我什麼，不過我要說我是清白的！」巴特雷米的聲音娘聲娘氣的：「噢，我的天哪！喬瑟安妳怎麼在這？」

他的姊姊連回都沒回。

法官鄭重的說：「默勒風先生，現場是你同父異母的弟弟和兩個妹妹，西蒙、摩根、薇妮絲。」

「我的、我的……」巴特雷米嚇到話說不出來。

薇妮絲終於站到他面前，手裡拿著畫。

「我幫你畫了一個家，」她解釋，「這是我們要住在一起的家，這個是我的床，這個是冰箱。」

巴特雷米站低身子，好聽清楚薇妮絲在說什麼，每多聽一個解釋，他就驚嚇的說出一句：「我的天哪！」

「我在你的名字旁邊畫三顆愛心，因為我這麼、這麼、這麼、喜歡你。」

他們兩個看著對方，幾乎是鼻子面對鼻子，薇妮絲問了他一個問題，對她來說是最重要的問題，是區分對方屬於好人或壞人的問題。

「你喜歡讓我親一個嗎？」

巴特雷米驚訝一笑，兩頰的酒窩顯出來，薇妮絲把手圍上他的脖子，在兩頰上各親一下。西蒙知道小妹憑著本能沒做錯什麼，但是心底還是湧起一陣淡淡的醋意。喬瑟安坐在椅子上，也微微感到激動：搞什麼，這個小可愛要讓給巴特雷米！她心裡天人交戰。

「請坐，默勒風先生，」法官說。

現場缺一個椅子。

「沒關係，」薇妮絲說。

薇妮絲坐到巴特雷米的膝上，所有人都看著他們，心裡也滿是羨慕。這兩個人就像從童話故事裡走出來的漂亮兄妹，相親相愛。不是每個人出生前抽基因樂透時，都有這樣的好運。「藍色的眼睛，愛人的眼睛」是薇妮絲和巴特雷米。「栗色的眼睛，豬一樣的朝天鼻」是摩根和西蒙。

「默勒風先生，」法官說，「這裡在場的是你同父異母的弟弟和妹妹，沒有其他家人，他們的父親喬治．默勒風消失了，母親卡特琳．杜福剛剛過世。」

「真糟糕，」感覺法官看起來像等他回什麼話的樣子，巴特雷米認同的說。白馬王子看起來有點遲鈍的樣子，羅虹絲決定直接切入正題。

「身為他們的大哥，我們希望你可以接下他們三個的監護人義務。」

「妳很清楚他完全無法擔下這個責任。」喬瑟安火氣上來。

巴特雷米一被激，立刻回嘴：「很難說喔。到底你們說的是什麼鬼，監護人義務？」

法官不太欣賞他口中這句「什麼鬼」，憤憤引出民法的定義回答：

「默勒風先生，監護人應照料小孩的教育情況，在小孩的公民生活上作為代表人，且管理他們的財產，扮演父親的角色。」

「這真是太荒謬了！」喬瑟安爆炸了，場面一發不可收拾。「說什麼扮演父親角色？你們都看得出來，小巴就是個同……」

「同心協力！」法官尖叫出來，想要讓喬瑟安閉嘴。

「是三顆心！」薇妮絲一臉機靈的強調。

「不是嗎？默勒風先生？」羅虹絲喚道。

「是、是，但我還是不明白，妳們說的監護義務，到底是什麼鬼？」

「噢，我的天哪。」西蒙偷偷學他的樣子，眼珠翻到天花板上去了。

第三章

愛如此困難

西蒙無法忍受團體生活。某些日子不算太糟的時候，他跟自己說，就算死後下地獄，他還是要過團體生活。其他的男孩發現他做的事情都跟他們不一樣，他不玩桌上足球，不講黃色笑話，成天躲在妹妹的房間裡，老是靠著牆坐在地毯上，「那個蠢蛋」是大家對他的想法。兔牙哥成為一馬當先的霸凌代表，他把「西蒙」叫成「西妹妹」，從此只要西蒙一出現在大家的視線，少不了聽到有人大喊一句：「走囉？西妹妹！」托尼還偷翻過西蒙的行李，因此發現了不可思議、不可接受的事實：十四歲就在讀高三的課程，搞什麼？這個蠢蛋以為自己是誰？兔牙哥在西蒙的哲學課本裡貼上女生裸照，然後把西蒙所有作業本拿出來，把那些寫著九十到一百分的成績，全部改成零分到十分，再畫些猥褻的塗鴉。

有些晚上，在九點十五到九點半之間，西蒙手撐著水槽邊，想著媽媽，想著鴨子牌通樂，啜泣得不能自已。不行，他不能這樣，但是他站在水槽邊，感到被一股空虛包圍，想哭的感覺彷彿帶著血腥味。

幾乎每天早上，薇妮絲都會跟他說：「我又幫巴特雷米畫了一張圖！」這個小不點，在法官的辦公室匆匆看到大哥一眼後，已經把他當成偶像，但是西蒙則對哥哥有點失望。

「看看我幫巴特雷米畫的這麼多愛心！」

薇妮絲讓他覺得很火大，憑什麼巴特雷米就有三顆心，他只有兩顆？西蒙變得小心眼起來。今天早上，薇妮絲居然給巴特雷米五顆芭比粉紅的愛心，西蒙苦笑一下，點著那五顆心，說：

「我愛你，」他指著那些愛心，繼續點著：

「我有點愛你，我非常愛你，我瘋狂愛你，我一點都不愛你。」

「我畫錯了！」薇妮絲大喊，用小手把最後一個愛心遮起來。

「來不及了！」西蒙冷笑。

薇妮絲跑走，幾分鐘後再出現，拿著另一張圖。

「這張是給你的，你要去地獄！」

西蒙淒慘的笑一笑，看到一個長著角的人，手裡拿著叉戟。這一晚，鹹鹹的淚水燒灼他的眼睛，他伴著枕頭下這張惡魔的畫入睡。

十二月二十七日，貝娜迪帶了兩個好消息到扶利梅西谷孤兒院。她在梅歐院長的辦公室召集默勒風三兄妹，向他們宣布：

「巴特雷米要送你們一個聖誕禮物。他答應成為你們的監護人。」

她沒有說出法官女士是怎樣對巴特雷米軟硬兼施、威脅哄騙，才讓他答應的。

「另外一個好消息，」貝娜迪開心的看到朵朵笑容綻開，「那就是這週日你們要去巴特雷米家玩！」

「那我去收拾行李了！」薇妮絲一臉興奮。

貝娜迪解釋，巴特雷米只邀請他們白天去。

貝娜迪想找適合的說法，想半天說不出來，西蒙乾脆幫她說了。

「監護權不是親權，要進展到親權，要先看我們處不處得來。週日的見面，就是讓我們先試試看。」

他看向貝娜迪，用眼神詢問。

「差不多是這樣沒錯，」貝娜迪尷尬的說。「事實上，巴特雷米並沒有想要讓孩子住到他家，監護權就算了，但是也老大不甘願。貝娜迪還在尋找可以真正收容這三兄妹的家庭。

一月二日，星期天的早晨，就是這個大日子。薇妮絲把她畫的三十二張巴特雷米收集起來。

「開帕瓦會，」西蒙決定。

默勒風三兄妹盤腿坐好。

「誰想要留在扶利梅西谷孤兒院？」西蒙發問，「舉手。」

「沒有人。」摩根算著。

「誰想要住進巴特雷米的家？」

三隻手舉起來。

「無異議通過，」西蒙下結論。「但是這不代表已經成功了，聽著，女孩們，巴特雷米一點都不想收留我們。」

最小的妹妹張嘴想要反駁。

「我沒說錯，薇妮絲，沒錯。」西蒙正確詮釋了貝娜迪尷尬的表情。「我們必須說服巴特雷米接收我們。」

薇妮絲伸出腳打算站起來。

「我要再幫他畫一張圖！」

西蒙和摩根相視而笑，小妹的天真讓他們開心起來。

「還有親親呢？」薇妮絲又盤起腳，建議道。

「那只有妳能用，我們不行，」西蒙回答說。

「為什麼？」薇妮絲問。

「因為妳又小又可愛。」

「那你們呢，你們是……」

「又大又醜，」西蒙從容的說完這句話。

從法官的表情，西蒙了解到薇妮絲不管怎樣一定找得到人來接受她、來愛她。這甚至會成為拆散他們三個的風險所在。

「我們要再約定一次誓，」他決定。

「不讓別人拆散我們嗎？」薇妮絲問。

「是我們**不願意**被拆散。」

西蒙伸出拳頭，說：

「默勒風一家誓死不分離。」

門打開了。

「孩子們，準備好了嗎？」貝娜迪說著，裝出歡欣鼓舞的語氣。

「走吧！」西蒙喃喃說，彷彿說著：「出擊！」

這個週日早晨，巴特雷米看起來坐困愁城。三個小孩。噢，我的天哪！他到底要拿他們怎麼辦？社會局專員幫他規劃好行程，甚至，在看到他驚慌失措的表情後，幫他把行程寫在紙上。小巴再讀一次備忘便條：「十點，迎接三兄妹。公寓內介紹一圈。」

「公寓內介紹一圈，」小巴重複唸著，自己在客廳走一圈。

他看到架上有一個不太適合見客的雜誌，趕緊收起來。他繼續讀著便條：「十點半，拿出柳橙汁。自我介紹。十一點半，去最近的麥當勞。認識附近街區。」下午的行程，貝娜迪建議一起去看《巨猩喬揚》。她大概下午六點會來接他們，小巴的苦難結束。

「買一些彩色筆，」她也建議小巴。「最小的那個喜歡畫畫。」

巴特雷米一下買了三盒。一遇到壓力，他就想亂買東西。

一早，九點時，電話響了。小巴食指交叉。他希望好運降臨他身上，其中一個小鬼頭感冒之類的。

「小巴？你今天下午幹嘛呀？」

巴特雷米說不出話來。

「喂？小巴？」

「噢，對，早啊，里歐。你不去你爸媽家那邊過新年嗎？」

「煩死了，才不想理他們，那你呢？」

「那、那……」小巴生氣起來，在貝娜迪的便條裡找尋靈感。

「你沒空嗎？」里歐說。接著馬上疑心起來。

「有空，有空，」小巴安撫他。

況且，他的男人是個忌妒心強的男人。這個笨蛋社會局專員貝娜迪沒預料到這件事。

「那我午飯後過去囉？」里歐不死心的說，語氣深處帶著一抹威脅。

「好，這樣，下午見……」

小巴結結巴巴的說，他必須在麥當勞跟迪士尼電影之間解決掉里歐，但是，這個時候拿小鬼頭怎麼辦？

「我死定了，」他對著電話說，同時掛掉電話，「這次，我死定了。」

生性容易激動的他，只需一點點水波就能讓他的情緒起驚濤駭浪。他決定在家附近跑個步，看起來噴汗個一小時是最好的解答。在一月的冷風中，他渾身是汗跑回家時，在家樓下看到那個要命的社會局專員。三個小孩一個不少，那個親他脖子的金髮小可愛，旁邊的招風耳衰妹，加上那個老是對他上下打量的，眼睛像射出X光般的瘦皮猴。真是美好到不行。

「十點了嗎？」小巴說得像是提早一分鐘就是加班一樣。

「再五分鐘十點，」貝娜迪看了一下錶。「我們正要上樓。」

「親一個！」薇妮絲拉著小巴的運動衫，要求說。

「再等五分鐘，」他任性的說。

貝娜迪祝他們度過一個開心的星期天後，就離開了，心中卻擔心這次初見面會結束得很難看。為什麼默勒風三兄妹運氣這麼差呢？小巴則完全沒擔心三兄妹跟不跟得上，四階樓梯併作一步上樓。西蒙爬到剩最後兩層時，很痛苦的抓著扶手，眼前像是天旋地轉般。一進門，小小的三兄妹貼在一起，站在客廳正中間，看起來十分可憐的樣子，讓小巴心一軟。

「那麼，我去沖個澡，你們隨便逛逛吧！當自己家吧。」

他奔進房，把全身汗濕的衣服脫掉。

「這是你的房間嗎？」一個小小的聲音傳來。

小巴發出一聲尖叫，拿起枕頭擋在身前。

「妳、妳來這裡幹嘛？」

「你叫我們隨便逛的呀！」薇妮絲提醒他。

她給他一個了然於心的微笑。

「你有雞雞對嗎？」

小巴臉一紅。

「對呀！就跟所有男生一樣，」這個小的真是不可思議，「快出去，噗區噗區……」

他像是驅趕小動物一般發出這個聲音，讓薇妮絲笑出來，但她還是堅持要跟哥哥說明：「我的不一樣喔。」

這個時候西蒙決定切進這個場面。

「啊！妳在這裡呀？」他對薇妮絲說，刻意忽略小巴全身一絲不掛。

「你們在哪裡？」摩根的聲音從走廊上呼喚著。

「在這裡！」西蒙和薇妮絲同聲回答。

摩根走進來，看到小巴用枕頭擋住重要部位。

「這是你房間嗎？好漂亮喔！我們的房間又小又醜。」

巴特雷米倒在床上，死命保護自己的男性特徵。

「走吧，我們打擾人家了。」西蒙這時才意會過來。

巴特雷米沖完澡，心情變好，回到客廳時，看到三兄妹已經在客廳裡很自在的樣子。薇妮絲把她的芭比娃娃們排排坐好，開始講起天馬行空的故事。

「雪莉拔開瓶塞，一口把香檳喝完了。結果，芭比過來時，憤怒的說：『是誰把酒喝光的？』」

「不是我！」小巴學著雪莉尖尖的嗓音，否認著。

「你要一起玩嗎？」

「不用了，」小巴拒絕著。

然而，他蹲下來，抓起一個穿緊身韻律服的芭比，喃喃說：

「哇噻，她的兩個安全氣囊。」

薇妮絲按下芭比的胸部，發出「噗！噗！」的聲音，兩人笑起來。看起來他們兩人不約而同關注同樣的地方。西蒙在他們身後清清嗓子。小巴轉回頭，西蒙和摩根並肩坐在長沙發上，讀著書。摩根讀的是《草原上的小屋》，西蒙讀的是《社會契約論》。

「你們兩個都是智力早熟生嗎？」小巴問著，「還是只有西蒙？」

「我跳級一年，」摩根說，「而且每科都是第一名。」

「只有體操課不是，」薇妮絲好心的提醒她。

「只有笨蛋才愛運動，」西蒙斷然說。

「我很喜歡運動唷。」小巴想知道他們會怎麼回答。

「那你就是笨蛋，」薇妮絲噗嗤的笑出來。

「你笑吧！」小巴抱怨，「你沒發現這個家裡兩兩成一組嗎？摩根跟西蒙一樣聰明又醜，我們兩個一樣是笨蛋……」

「但是很漂亮！」薇妮絲沒有惡意的接著說。

摩根發現，他們就像童話故事《李凱的簇絨》[3]一樣。

「李凱是個很醜但是很聰明的王子，故事裡的公主很美麗但是很笨。」

「那結局是什麼？」巴特雷米好奇問。

「他們從此結了婚，生了很多小孩，」薇妮絲唸著。

「我的天哪！」小巴低喊，「從此一起過著笨笨的日子。」

三個小孩爆出笑聲，小巴吹著口哨，去拿柳橙汁。為什麼他突然很開心呢？看到三個小孩在他家客廳裡爬來爬去，忽然之間，他有這個感覺。他是三個孩子的大哥，不錯耶！

「你們想看哪部電影？聽說《巨猩喬揚》……」

他話沒說完，突然想到里歐隨時可能蹦出來。

「西蒙，我需要跟你來個男人之間的對話，」小巴突然對弟弟說，邊用手勢示意他過來。

他們躲到廚房裡，西蒙突然感到一陣疲倦，撐著水槽站著。

「等一下我有個朋友要過來，」小巴一邊開始說，一邊把西蒙運動衫的領口整平。「你懂我意思嗎？是我的朋友，差不多是男朋友的意思。」

西蒙垂下眼睛，直直盯著地磚一個缺角。

「你知道嗎？問題是，里歐是個佔有慾很強的人，他是那種，連你穿某件毛衣太多次，他都會嫉妒那件毛衣的人。」

3 譯註：《李凱的簇絨》(*Riquet à la houppe*) 為法國民間故事，最著名的版本發表於一六九七年，由夏爾・佩羅 (Charles Perrault) 所創。

西蒙抬起頭，看著天花板，嘆了一口氣。小巴還在整他的領子。

「我覺得要當你們監護人這件事，他不會開心的，」巴特雷米繼續說。「我們可以跟他說你們是鄰居太太的小孩，好嗎？樓上那個太太我認識，常常被老公打，很可憐。」

小巴臉上有一個同情的微笑。

「我就說她要去逛街，把你們留在我這邊，好嗎？」

「星期天去逛街？不是吧。今天很多商店都關門，」西蒙說，他一個動作閃開哥哥的手。

「沒錯，星期天不是逛街的日子，」小巴同意。「智商高還是有用的。那我們就說你們被關在門外，太好了，就這樣說。樓上的太太找不到鑰匙，要去芮維希市找她媽媽拿備份鑰匙……你的運動衫到底怎麼了？老是皺起來？」

「你確定問題在我的運動衫上嗎？」西蒙問，聲音悶悶的。

兩兄弟眼神直直交鋒。

「我在盡我最大的努力，」巴特雷米壓住情緒，「你也做些努力，好嗎？」

西蒙嘴角抽搐一下，他咬住嘴唇。

「我會讓她們了解狀況，」他一邊說一邊掙脫小巴。

「了解什麼狀況？」小巴又抓住他的運動衫。

「讓她們知道自己是鄰居太太的女兒，」西蒙回答，苦笑著。這個時候，所有東西在他嘴裡好像都有個奇怪的味道，柳橙汁、漢堡、冰淇淋，都有個奇怪的血腥味。

里歐過來喝杯飯後咖啡的時候，看到客廳裡三個孩子，倒退一步。

「現在是什麼狀況？」

「他們是鄰居太太的孩子，」小巴急忙說。

薇妮絲以為這時應該展現出自己有多狀況內，把故事搞得很清楚。

「樓上的太太鑰匙不見了，她把小孩留在小巴家，然後去芮維希市拿鑰匙備份，再回來接小孩。」

「你要咖啡嗎？」小巴接下去，裝作很自然的樣子。

「你要帶著他們一整天？」里歐問，瞪向西蒙。

「到晚上六點以前，」小巴說。

「搞什麼嘛！」里歐喊出來，尖聲說。「這個太太真是瘋了！你也不好，怎麼就這樣接受了？」

有人按門鈴。兩個男人彼此看一眼。

「這不就來了嗎？有人要把自己的小孩領回去了，」里歐咕噥。

「不可能這麼快，」小巴自言自語說。

薇妮絲奔向大門，門外站著一個太太，手捂著額頭。

「妳好呀，小妹妹，」她低聲說著，像是怕被聽見。「默勒風先生在嗎？我是樓上的鄰居。」

薇妮絲搞不清楚真的跟假的，問說：

「妳找到鑰匙了嗎？」

年輕的鄰居太太看起來很驚訝，手從額頭上放下來。

「這就是我想跟默勒風先生說的，我先生把門反鎖了，我沒鑰匙進去。」

「鑰匙備份在芮維希市，在妳媽媽家！」薇妮絲提醒她。

「我沒有媽媽，」鄰居太太喃喃說著，越說越困惑。

「我也沒有！」薇妮絲說，臉上綻著燦爛的笑容，似乎覺得這個巧合來得正好。「妳額頭怎麼了？」

年輕太太閃避這個問題：「我想要找默勒風先生，他在嗎？」

薇妮絲非常滿意於這個通風報信角色的重要性，她打開大門，宣布：

「鄰居太太來了！但是她還是沒有拿到鑰匙！」

「快把小孩領回去，」里歐碎碎唸著，「怎麼小孩也丟了，鑰匙也丟了。」

家庭團聚場面來得太快，摩根和西蒙看著鄰居太太，不知道發生什麼事。

「我的天哪！」小巴喃喃說著，腦袋彷彿打了很多結。

「我不知道你家這麼多人，默勒風先生，」可憐的年輕太太道著歉。

西蒙給自己三秒鐘想要怎麼反應。一、二……

「媽咪！」他大叫，「妳怎麼了？妳又撞到廚房的抽油煙機嗎？快來拿冰塊敷一下。」

他抓住鄰居太太的手肘，把她拉到走廊。她掙扎不了，兩人到了廚房。

「聽我說，這件事情聽起來有點瘋，」西蒙這時說。「巴特雷米要騙他男朋友說我們是妳的孩子，說了沒腦的謊。」

西蒙三兩句話就把事情的前因後果交代清楚，安撫鄰居太太。

「妳的額頭到底怎麼了？」最後他問。

「噢，沒什麼，我就是撞到……」

「撞到抽油煙機？」西蒙幫她說完。「不對，這是我編出來的。」

鄰居太太看著這個奇怪的孩子。他圓圓的眼鏡後方洋溢著同情，年輕太太摀住臉，哭了。

「不要……哭了，」西蒙也泛著淚，結結巴巴的說。

他曾經好多次看過他媽媽這樣哭，她都以為他沒看見。

「我在家門口，」她抽噎的說，「他叫我滾，去路上過夜，說我就只配睡路邊。我不知道哪裡可以去。」

「去報警。」

「不……不行！他會殺了我！」

年輕太太擦擦眼睛，一臉恐慌的表情，「你年紀這麼小，」她說，「你不用管這個。」

「妳叫什麼名字？」

「愛咪。」

西蒙忍不住笑了。

「沒錯，我知道，很好笑，『被愛』的『愛』，」愛咪抽抽鼻子。

「我叫西蒙。妳想要我們一起去警察局報案嗎？」

愛咪盯著這個不可思議的男孩。

「不用、不用，」她堅持拒絕，「這是我的事。」

看到西蒙臉上深深痛苦的表情，她把手放在他肩上。
「別擔心了，這不是我們第一次吵架，沒事的。」
他很想求她：「拜託，不要喝鴨子牌通樂。」但是他沒有勇氣這麼說，只是搖了搖頭。
「我可以請妳幫個忙嗎？愛咪？」他終於說。「假裝成我們的媽媽，把我們帶出門，小巴現在不知該怎麼辦。」
過了一會兒，愛咪的額頭用廚房手套捂著，她帶著笑容。
「看看我弄成這樣，」她說，「現在好多了，這個抽油煙機，我該把它換了。抱歉打擾你了，默勒風先生。」
「妳的鑰匙呢？」薇妮絲問道，想知道故事的結局。
「妳沒有聽清楚，媽咪在大衣的內襯裡面找到了，」西蒙回說。「現在沒時間了，我們走吧！」
「去哪裡？」兩個小的同聲問。
「去電影院！」西蒙對她們擠擠眼睛。
摩根轉向愛咪，自然的大喊：
「太好了！謝謝媽咪！」

西蒙對大妹非常驕傲。

默勒風三兄妹真的去了電影院，西蒙看了原音版的《馬克思兄弟》，摩根從頭到尾把螢幕上的字幕唸出來給小妹聽，電影院裡的其他大人順便聽著字幕看電影，也鬆一口氣。他們一起回到巴特雷米家時，已經六點了，里歐也走了。小巴在廚房裡再度抓著西蒙的運動衫，說：

「聽我說，今天下午的事絕對不能跟社會局那個女人講，她不會保密的，全部都會跟那個法官說。那個法官呢，我很清楚，人看起來很好，卻是個狠角色，她會把我罵到臭頭。」

西蒙對哥哥幼稚的樣子感到無言以對。

「你怎麼啦？」小巴突然大叫一聲，嚇得跳起來。

西蒙突然流鼻血了。

「噢，我的天哪！我最怕看到血，」小巴哀叫，往牆上靠去，「我要暈倒了。」

西蒙從口袋裡拿出一張衛生紙，壓著鼻子止血。他覺得很不好意思，這件事越來越常發生，自從……沒錯，自從那時開始。

「結束了嗎？」過了一下子，小巴問，他的口氣像要死了一樣。

兄弟倆重新面對面看著對方。

「很抱歉，」西蒙咬牙說。

「沒什麼……是我的問題。」

小巴遲疑的最後一次試著整理西蒙的領口，他這下意識到弟弟身體孱弱的一面。

「你不覺得身體有什麼問題嗎？」他喃喃問。

「沒有，你才有問題。」

第四章

兄妹面臨被拆散危機

薇妮絲的樣子盤旋在她的心頭。那個小女孩在法官辦公室裡走動的樣子，她的手圍上巴特雷米的脖子，親他一口的樣子。同一個場面一再浮現，同一種折磨的感覺一再侵襲著她。這個小女孩本應該是她的，是生命拒絕讓她擁有的禮物。喬瑟安想要這個孩子。她發自內心深處想要這個孩子。

「有關監護權的事，妳決定好了嗎？」喬瑟安盡力不讓自己的聲音顫抖，問羅虹絲。

喬瑟安．默勒風跟法官約了見面，在一月二十日，是個星期四。她來到同一個辦公室坐在同一個地方，但是她已經不是原來的她。

「目前來說呢，我們提議巴特雷米執行這個監護權，他也準備答應了，」羅虹絲回答。

「她直接叫巴特雷米的名字！」喬瑟安發現這點了，心裡想著。嫉妒的感覺啃食她的心。為什麼大家都愛巴特雷米？

「妳認為這是最好的選擇嗎？」喬瑟安再問，她的聲音顫抖起來。

「問題就在於我們沒有其他的選擇，」羅虹絲承認說。

「如果我提議接受呢？」

法官女士揚了揚眉毛。哦？高級住宅區的醫生回心轉意了。默勒風三兄妹居然會面臨太多監護人來搶的煩惱。但是羅虹絲記得喬瑟安只想要小不點薇妮絲。

「我們不考慮拆散三兄妹的做法，」羅虹絲提醒。「他們三個感情非常深厚，一體同心。」

「就是這一點感動我，」喬瑟安言不由衷說。「一開始，我是被最小的那個吸引，她是這麼……」

薇妮絲坐在巴特雷米膝上的畫面又浮上她心頭，她又感到一股灼心。

「她是這麼積極，」她繼續說。「但是另外兩個也讓我感覺……」

她拚命想找個讚美的字眼，因為她覺得他們兩個太滑稽了。

「非常有意思。」她一臉深信不疑的樣子說完這句話。

「西蒙是智力早熟生，」法官說，非常滿意喬瑟安前來打算有所作為。「我見過他的學校校長菲利普先生，他認為西蒙一定可以在高中畢業會考拿到頂標成績。才十四歲！」

「好厲害，」喬瑟安讚賞著，她猜法官女士對智商水準特別在意。「大的那個女孩呢？」

「摩根嗎？她讓老師很不爽，因為她總是指出老師黑板上寫錯的地方。」

喬瑟安．默勒風笑起來，氣氛一下輕鬆不少。她決定要好好把握她的性別優勢：用女人間的祕密心事來換取友情。

「我必須跟妳坦白一件事，我感覺遇到這三個孩子像是天意。我跟我先生嘗試三年懷孕都沒有成功，人工受孕也試過了，不幸的是……」

羅虹絲垂下眼，看向檔案，她呢，不是吃吃幾塊雀巢巧克力就能懷孕的。

「我三十七歲了，」喬瑟安繼續說，「時間過得好快……」

羅虹絲三十五歲。

「我明白，」她冷冷的說。「但是小巴跟三個孩子的互動比較親。」

「小巴！她叫他小巴！」喬瑟安想到這點，氣得跺腳。為什麼大家都比較愛她弟弟？從小就是這樣，自從他出生後，就老是擋在她跟媽媽之間。媽媽也比較喜歡他。大家都比較喜歡巴特雷米。

「法官女士，話說回來，你知道巴特雷米到底是什麼樣子的人嗎？」

突然間，她的憤怒潰堤，把她穿著羅迪爾牌針織毛衣應該要有的好教養都瓦解。

「因為他是搞gay的！這個一天到晚去夜店釣男人的gay！妳能想像這當得了孩子們的楷模嗎？」

羅虹絲的臉越繃越緊。沒有人可以對她下指令。

「女士，」她冰冷的說，「我只依據默勒風三兄妹的利益做決定，而不根據其他私事。」

「那就是了，妳看看巴特雷米是不是會對未成年兒童造成危害。」

含沙射影是一個卑鄙的行為。

「妳不能說我沒有事先警告妳了，我也是依據默勒風三兄妹的利益來說話。」

她走了，留下羅虹絲。羅虹絲覺得自己非常需要補充巧克力。

她不但沒有得逞，只落得法官討厭的下場。剩社會局專員那邊可以做些什麼了。

「第一次見面的時候，我大概讓你們覺得不舒服了，」喬瑟安・默勒風還沒來得及坐下，就對貝娜迪開口。

她們約在巴黎六區一家小餐館見面。

「真的，真的，我知道我自己讓你們不愉快了，」喬瑟安堅持說。「那是因為我有種被趕鴨子上架的感覺。我一向是個習慣我行我素的人。」

貝娜迪表示同意，她也是這樣的個性。

「但我不是一個沒有感情的人，那三兄妹的慘況深深觸動我，」喬瑟安再說。「我想為他們做點什麼。」

貝娜迪上當了。她太容易相信別人的好心，她對喬瑟安綻開笑容。

「我們正需要好心的人來組成監護顧問團，但是三兄妹的媽媽生前社交關係非常孤絕，我們目前只找得到薇妮絲的保母，但是，她連字都不識幾個……」

喬瑟安一副別有意味的表情，她根本沒聽進去。

「妳不覺得把監護權交給巴特雷米這樣的人有點奇怪嗎？」

「什麼？」貝娜迪說。「啊，對，我知道妳的意思……」

目前為止，她還不敢跟法官討論這個問題，她不希望以偏概全。

「你知道的，社會在演變，事情都變了。現在有伴侶法，以後同性戀配偶也能收養小孩。」
「我的想法就跟你一樣開明，」喬瑟安向她保證。「況且，小巴的私生活不干別人的事。」
貝娜迪開心的連連稱是，不同的每個人有權利做自己、對他人差異保持寬容，這些都是她的信條。所以當喬瑟安接著說出下面的話時，貝娜迪彷彿從雲端摔下來：
「問題就在，巴特雷米流連在特殊的夜店裡，到處勾搭，還隨便把外人帶回家裡，妳能想像這對孩子有什麼後果嗎？小小的薇妮絲？」
貝娜迪感到抱歉的連連說不。
「妳可以放心，」她結巴的說。「小巴跟孩子們的相處非常正常，星期天他才剛帶他們去看《巨猩喬揚》。一切順利。」
「她叫他『小巴』！」喬瑟安留意到這件事，怒火中燒。但她忍住怒意，裝出擔心的樣子。
「我希望妳是對的。」
她嘆了一口氣。
「我沒辦法想像社會局專員的工作是這麼為難。不管孩子發生什麼事，妳心上總會有責任。」

喬瑟安一邊說完這些體貼的話，一邊付了咖啡錢，她提議接待薇妮絲一個週末。

「我在北海岸多維爾有個別墅。這個小女孩，她需要出去走走。」

貝娜迪心情複雜，答應會跟薇妮絲提這件事。

默勒風三兄妹並不知道自己面臨被拆散的風險。他們聽說喬瑟安即將邀請薇妮絲出去。下一週的週六，小巴打電話給梅歐院長，說薇妮絲的芭比忘在他家了，還有西蒙的《社會契約論》。他提議拿回去給他們。

「親一個！」薇妮絲手朝天花板舉高，像個小明星一樣的姿勢迎接他。

三個小孩擠在妹妹狹小的房間裡跟大哥見面，沒有他人干擾。

「滿舒適的嘛！你們用這個小地窖當家，」小巴開了玩笑。「來，書給你，小天才。」

一如往常，西蒙坐在地毯上，背倚著牆。他伸出一隻手接過書。巴特雷米坐在其中一張床上，擠身在玩偶堆之間。摩根坐在另一張床上，腳弓起來，寫她的作業。薇妮絲在窗台邊，哄她的五隻芭比睡了。

「拿去，小笨蛋，妳的芭比，」小巴說著，把芭比丟過去給薇妮絲。

「謝謝，」小小的薇妮絲接住從空中飛過來的芭比，說：「她要跟另外一個孤單的芭比做愛。」

「噢！我的天哪！」巴特雷米驚嘆，然後看到兩隻芭比被放成交配的姿勢。「妳們不會不好意思嗎？女孩們！」

「我沒有肯尼，」薇妮絲解釋說。

「你覺得她是怎樣的人？」西蒙問小巴。小巴露出迷人的酒窩微笑，他愛死薇妮絲了。

「她很棒，」他說。

「我是說你的姊姊喬瑟安，」西蒙解釋。

「不棒，」小巴修正說。

「她想邀請薇妮絲去她家，在多維爾。」

「這不太妙耶。」小巴臉一皺。

「你說話的內容可以前後一致點嗎？」西蒙斥責他。

「是的，老大。喬瑟安呢，她跟聖誕老公公要了一個老公、一台電漿電視、一個多維爾別墅，和一個金髮小女孩，但是聖誕老公公並沒有把這張清單讀到最後。」

如果說喬瑟安討厭她的弟弟，小巴對喬瑟安也毫不相讓。

「她會綁架薇妮絲，」小巴預言說，這說法也不算亂說。

「『綁架』是什麼？」薇妮絲問。

摩根從作業裡抬起頭來。

「意思就是：『把小孩關起來』。」

薇妮絲尖叫：「那我不要去多維爾！」

西蒙感覺需要重新整頓一下局面。

「開帕瓦會，」他決定。

不一會兒，三個孩子盤好腿坐在地毯上，棉被披在肩上。

「你們在做什麼？」小巴問道。

摩根解釋道：

「這是我們決定事情的方式。」

「非常好，」小巴贊許道。「我可以參加嗎？」

「可以，」西蒙說。「但是笨蛋是最後才能發言。」

「謝謝你的說明，」小巴說著，從床上移到地毯上。

西蒙重新解釋情況。

「喬瑟安．默勒風是被我們的爸爸認的。」

「在哪裡認識的？」薇妮絲匆匆問。

「我們早就跟妳解釋過『認』是什麼意思！」兩個較大的孩子雙雙發出怒斥。

小小的薇妮絲把兩隻手蓋在嘴上，想要彌補自己說的錯話。

「喂，怎麼這麼笨？」小巴細聲說。

「那你呢？」薇妮絲回嗆，做出叫他閉嘴的手勢。

「喬瑟安是我們父親收養的，是我們無血緣的姊姊，」西蒙繼續說。「她不會綁架薇妮絲，太荒謬了。」

「『不可能發生』的意思，」摩根翻譯道。

「但是我個人感覺，只邀請薇妮絲，不邀請我們三個一起，好像來意不是太友善。」

巴特雷米伸出一隻手指，像在學校裡想要發言的樣子。

「喬瑟安就是個眼高於頂的人，看到摩根跟你的招風耳跟朝天鼻，她不會想帶你們在多維爾的海灘甲板步道上散步的。」

「如果你沒有以我們為恥的話，」西蒙回擊，「你那時就不會說我們是鄰居的小孩了，你才是眼高於頂的人。」

兩兄弟眼神對峙著，就像上一次一樣。

「西蒙，你不要對小巴這麼兇，」薇妮絲用哭音說，「不然，我就要把你畫成魔鬼。」

「就這樣做，畫一個魔鬼給他，」巴特雷米鼓勵說，口氣很幼稚。

薇妮絲起身，準備照著大哥的意見做。西蒙有一種想哭的強烈感覺，他握緊拳頭忍住這個念頭。

「我是開玩笑的啦！」小巴趕緊挽回。

他拍了一下西蒙的肩。

「你不要這樣子……開個玩笑沒什麼吧？」

作為回覆，西蒙在他胸上重擊一拳。西蒙手上感到的痛反倒比他哥哥胸受的痛還強烈，但是小巴裝作一副痛到被打倒的樣子。接著，薇妮絲趕來救援，也來打西蒙。摩根嚎啕大哭起來。

「不好意思，不好意思，」一個聲音重複著。

法官女士來了。西蒙重新靠牆坐好，小巴抓住薇妮絲，阻止她往西蒙身上踢，但是摩根還在低低的啜泣。

「妳哪裡痛嗎？」法官擔心的問。

「他們說我有，我有……」摩根抽咽的說。

「別說了，」西蒙輕輕說。

「他們說我有招風耳！」摩根崩潰大喊。

「西蒙打小巴，」薇妮絲告狀說。

「是小巴，是小巴的錯！」摩根哭著。

法官女士轉向最年長的哥哥。

「默勒風先生，你可以解釋一下嗎？」

巴特雷米將雙手背在身後，像一個無懈可擊的乖學生一樣，做出一個不知所措的表情。西蒙乾脆幫他解圍。

「其實沒什麼大不了的，摩根和我吵了起來，巴特雷米想要參一腳，被我打了。」

默勒風兄妹們一句話也不說，沒有人戳破西蒙的謊話。

「這樣不是很好喔，」羅虹絲溫柔地斥責他，心中想著智商高的孩子大概注定脾氣壞一點。「巴特雷米，既然你也在這裡，我剛好有事要跟你說，還有你。」

法官嘴裡的「默勒風先生」變成「巴特雷米」，警鈴解除了。小巴趁機對羅虹絲眨了一下眼睛，但是羅虹絲假裝沒看到。

「西蒙也過來，」她補充說。

三個人一起到了院長辦公室。

「西蒙，」法官開始說，「我是來跟你們說，你和兩個妹妹現在有兩個潛在的監護人選。多一個總不是壞事。」

她對兩兄弟微笑，這兩兄弟很奇妙的擺出一模一樣的姿勢：雙手交叉胸前，眉頭緊皺。

「怎麼搞的？」小巴抱怨。「另外一個監護人是誰？」

「你的姊姊。」

「不會吧！」小巴爆炸出來。「從我出生開始，就是這樣。只要我有一個新玩具，她就也要！監護人是我好嗎？只有我！」

西蒙和法官對看一眼，驚愕的樣子。

「等等，」小巴突然擔心起來，說：「我不是跟你們開玩笑的。他們是我的弟弟妹妹。」

「沒有人反對這一點，」羅虹絲說。「但是監護權這件事是一個重責大任，可以有人一起分擔的。況且，在監護人之外，我們本來就希望安排一個代理監護人。」

「你們想要找人取代我，是這樣嗎？」小巴聲音揚起來。「噢，我的天哪！又是喬瑟安來決定所有的事！」

法官女士成功安撫了巴特雷米。沒有人能夠取代他這個大哥的地位。監護人的判決目前還沒有定論，而且三兄妹也有立場表達意見。接著羅虹絲去找摩根，跟她解釋，髮箍放到耳朵後面不是個好主意。然後，她讚美薇妮絲剛剛畫好的魔鬼，對旁邊歪七扭八寫著「西蒙笨蛋」的字樣沒有多加著墨。

最後，她建議西蒙去看個醫生。因為他臉色真的很難看。

回到路上的時候，羅虹絲想，或許她該慶幸自己沒有小孩、沒有兄弟姊妹。一片巧克力，我們至少能一眼看清楚頭尾，但是扯到家人，家家有本難唸的經……

喬瑟安．默勒風沒有多久就出手了。週一晚餐時間，她打電話到扶利梅西谷孤兒院，邀請薇妮絲到多維爾來。小小的薇妮絲接到這個專屬她的電話，非常得意，回到桌前兄姊旁邊，說：

「我要跟喬瑟安一起去看海。」

「非常好，」西蒙回答。「但是妳如果對喬瑟安太好，她會想要常常留妳在身邊。那我們就看不到妳了。」

薇妮絲眼中泛起淚。她想要去看海，但是不想被綁架。她想到解決方式：

「我只會對她有一點好。」

但是，薇妮絲才只有五歲。她給的親親和擁抱控制得宜，但看到漂亮的車子、別墅、花園就……而喬瑟安在此時，明白了什麼是幸福：一個小女孩在多維爾，讓妳牽她的手散步。路人的眼光紛紛看著薇妮絲，看著她被海風刮紅的臉頰、看她興奮盯著旋轉木馬的眼睛、看她在海邊甲板步道上擺出大明星的拍照姿勢。

「看她多可愛，」喬瑟安不停的跟丈夫說。「你不覺得嗎？弗蘭索？」

一早時，弗蘭索．東皮耶還對這個小女孩有所保留，他對默勒風家那邊來的人事物總是無法輕易信任。看看巴特雷米好了，他的耳環、他細細的聲音、他荒腔走板的行徑，簡直是惡夢一場。但是，當薇妮絲拿一張畫有愛心的圖畫給弗蘭索，上面寫「因為我愛你」，心腸再硬的人也招架不住這雙藍色的眼睛。當天快結束時，薇妮絲在這對夫婦身邊雀躍的跳來跳去，輪流給他們一樣多的親吻。週日晚上，要把她送回扶利梅西谷孤兒院時，他們都快心碎了。

「可憐的小寶貝！住在那個可怕的地方，」喬瑟安都發抖了。

回去的路上，薇妮絲打著瞌睡，喬瑟安和丈夫討論監護權、親權，和法律上的收養。當他們談到巴特雷米時，薇妮絲眼睛閉著，開始聽。

「再見了，我的寶貝，」喬瑟安喃喃說著，眼睛噙著淚。「我下週再來接妳。在學校要乖，好好吃飯！」

弗蘭索．東皮耶已經完全失魂落魄，喚她「我的粉紅小公主、我的金髮小公主」。

「親一個掰掰，」薇妮絲半睡半醒的樣子，回答他們。

她開心的回到跟姊姊一起生活的小巢。

「怎樣？」摩根問。「海漂亮嗎？」

「還好，」薇妮絲有氣無力地說。

她開始換衣服，衣服脫一半時，她坐在床上。

「『搞gay』是什麼？」

摩根不確定這個字是什麼意思。

「妳再問西蒙吧。」

早餐時，薇妮絲仔細跟哥哥報告她的週末行程。

「我下週還會再去，」薇妮絲作結論說。

西蒙搖搖頭，不滿意的樣子。

「妳看，喬瑟安開始拆散我們了，妳對她太好了。」

「但是我只有給弗蘭索一顆愛心，」薇妮絲反駁說。

西蒙和摩根交換一個灰暗的眼神。小妹妹天真的樣子讓他們開心不起來了。這些大人正在拆散他們三人。

「巴特雷米是『搞gay的』，這是真的嗎？」薇妮絲清亮的聲音突然發問。

「噓！」西蒙說，緊張看著其他桌。「妳在哪裡聽到這個字的？」

「在車上。是喬瑟安說的。」

從薇妮絲僅記得的這個詞彙聽起來，她應該沒有明白這是什麼意思。

「『搞gay』到底是什麼？」她小小聲問。

西蒙異常的猶豫。接著，他決定這樣說：

「就是戴耳環的男生。」

薇妮絲明智的做出一個推論。

「呃，那，」她說，「喬瑟安不喜歡『耳玩』吧。」

第五章

巴特雷米跟鄰居太太分享拿手配方

小巴是在找工作的時候認識里歐的。當時，他在一個古董商店的櫥窗上，看到這樣的告示：「徵店員，有經驗熟練者」。小巴覺得自己什麼都能熟練，他能穿著直排輪參加同志遊行，也能拿著機關槍像蘿拉．卡芙特[4]那樣打爆恐龍等等。因此，就上門應徵了。店老闆是個蒼白，有點雀斑，肩膀窄窄，但心腸更窄的男人。他就是里歐。

兩個人當中，小巴的公寓更大一點，所以是里歐搬過來。這一天，二月的一個早晨，小巴隻身站在一堆還沒有拆的箱子中間，嘆口氣，開始拆第一個。

4 譯註：為動作冒險遊戲《古墓奇兵》的主角。

這時，有人按了門鈴。是法官女士。顯然她心心念念著默勒風三兄妹的事。當她看到小巴滿臉微笑的站在房子裡，貪吃的她，真想用牙齒在他臉上再咬出兩個酒窩。

「會不會打擾你？」

小巴邀請她進門，接著說地上的那些紙箱是從一個舊貨拍賣會上買來的。一如往常，他寧願扯個謊也不對事情多做解釋。

「啊，這樣啊！」法官邊說邊脫下大衣。「也是，你在古董商店工作……」

她把大衣放在椅子上，小巴意外發現，法官穿著合身毛衣的身材，有跟穿著緊身衣的芭比娃娃一樣的傲人之處。接下來的時間，他聽不進去她說什麼，只是「嗯，嗯」的回應，以免她不高興。羅虹絲說到西蒙，說到多維爾，渡週末等等，小巴看著她激動的樣子，繼續答著「嗯，嗯」。他盡量靠近她，又不引起她的警覺，他籠罩在這渾圓的母愛光輝中，感到一種喉嚨深處發出的，像貓那樣呼嚕呼嚕的滿足感。

「那麼，就這樣答應囉？」法官問他。

「好啊，好啊，沒問題。」

他感到耳朵也暖暖的，他想要母親的吻。

「那麼，貝娜迪十一點把西蒙和摩根帶過來，星期六。」

小巴頓時從混混沌沌的感覺中驚醒過來，說：

「什麼？」

「這是最好的方案了，」羅虹絲向他保證。「你呢，就只要週日晚上把他們帶回孤兒院就好了。」

巴特雷米突然明白，這一整個週末，兩個弟弟妹妹要被塞到他家來了。里歐會把他斬了。但是送法官離開他家時，他想到里歐一直以為這三個小孩是鄰居的孩子，才放心下來。就讓他們一直當鄰居的孩子好了。

當天晚上，巴特雷米正好有了愛咪的新消息。一開始是幾聲大叫，接著傳來砸碎碗盤的聲音，再來，就是一片震耳欲聾的寂靜。最後，樓上的門大力被甩上，一個人連滾帶爬下樓。

「啊，來得正好，」小巴開心地低聲說。

他開了門，正好攔住鄰居太太。

「呃……愛咪？我想請妳幫一個忙。」

年輕太太緊靠著扶手，發出驚訝的一聲。

「什麼，她在流血！」小巴說著，往後退一步。接著帶著責備的口吻說出一句：「我怕血。」

「**他**想殺了我，」年輕太太說著，臉上流的淚水和血水已經分不清。

「他老是在星期三發瘋，」小巴留意到這一點，說。「你應該在他的湯裡加點鎮靜劑。」

愛咪又害怕的往樓上望了最後一眼，才進了門。

「只要里歐對我太暴躁時，我都是這樣做的。放一點鎮靜劑在他的咖啡裡，我就安享太平。」

「你不是認真的吧？默勒風先生，」愛咪遲疑的說。

「妳的血滴得到處都是，」小巴抱怨。「噁心死了，來浴室這邊。」

愛咪用水沖沖臉。她眼睛下方的臉頰被割得頗深。

「**他**把一個鍋蓋朝我丟過來，」她說。

「妳應該要把家裡的鍋蓋全換成塑膠飛盤。這樣比較不會割傷人，」小巴冷靜的建議。

接著，愛咪也用冷水沖沖手。她的手上有叉子尖端深深的叉痕。巴特雷米打了個厭惡的冷顫，但改用輕快的口吻說：

「啊，話說回來，妳的孩子們這週六又要來了。」

「『我的孩子們』？」愛咪重複這幾個字。「噢，你還沒把真相跟里歐先生說清楚嗎？」

小巴搖搖頭。

「當自己弟妹的監護人不是什麼壞事，」愛咪很驚訝。「你為什麼不跟他好好說呢？」

「妳不知道里歐是怎樣的人。他討厭所有我喜歡的東西。他之前拿香菸燙我的天竺葵！」

對愛咪來說，里歐這個奇怪的習性不特別反常。她的丈夫也會把她正在讀的書撕爛。

「我想請妳幫一個忙，愛咪，」小巴半哄半騙的說。

他開始整平愛咪有點皺的襯衫領子。

「週六，里歐中午會來我家吃飯，我應該要說『我們家』，」小巴害羞的垂下眼睛，修正說，「因為他要搬過來住。」

「你確定嗎？」年輕太太溫柔的問。

「確定要讓他搬過來嗎？」

「不是，是確定要繼續這樣說嗎？」

小巴有點做作的比了一個「不用擔心」的手勢，接著又整理起她的領子。

「所以呢，這樣好了……愛咪，如果妳能在中午十二點半時假裝緊急把孩子帶過來，那就最好了。妳來按我家門鈴，然後做出被家暴的樣子……」

他想像著，端詳著這個悲慘女人的臉。

「週六時，這個傷口應該還不會長好吧？妳說呢……」

他開始模仿愛咪的樣子，一模一樣的，不斷往後看的樣子：

「**他**想把我殺了，**他**又發作了，默勒風先生，幫我顧個小孩，不能讓孩子看到這些！」

愛咪臉上又驚又慌，接著又覺得有點好笑，表情就像雲的影子在地上變幻。

「試試看，跟我這樣說，」小巴想讓她練習看看。「如果妳再扭一下手，就更像了。」

愛咪沒有照著做，而是抓住小巴的雙手，說：

「你瘋了。」

烏雲罩上這個年輕男子的臉。

「我知道，」他說。

接著，他用小妹薇妮絲的音調，懇求著說：

「求妳，愛咪，可以嗎？」

年輕太太噘起的嘴顫抖著。小巴判斷她答應了。他在她臉上親一下，再在她耳邊低聲說，「謝謝。」

他一路開心到一週的結束，完全沒預料到他大弟會有的反應。

當小巴解釋這齣戲給西蒙聽時，西蒙這樣說。

「把我們帶回孤兒院。」

「為什麼？」巴特雷米驚訝問。「一切會很順利的，我就當作週末代為照顧你們，晚上六點時，我就假裝把你們送回媽媽那邊。」

西蒙非常生氣，肩頭都拱起來了。這實在是太亂來了，只要有小巴，一切總是亂無章法。與此同時，喬瑟安・默勒風正逐漸把小妹薇妮絲佔為己有。摩根坐在客廳的沙發上。兩兄弟互相賭著氣，兩人雙雙把目光投向她身上。

「妳對妳的耳朵做了什麼？」巴特雷米問她。

摩根已經放棄髮箍的造型了。她用雙手撩起頭髮。

「這樣就蓋住了，」她滿意的說。

小巴轉向弟弟。

「你看，我就是這樣做事：統統都蓋住。」

「你真的很討厭，」西蒙抱怨。「里歐會發現這個詭計的，除非，他比你更笨。」

「這也不是不可能的事，」巴特雷米坦承這一點。

就這樣，一如往常，小巴得到了他想要的結果。一如他所打算的，西蒙和摩根就在小公園的蹺蹺板前一直等到中午十二點二十分，鄰居太太會在買菜回來的路上，把他們接過來，跟他們一起上樓，直到小巴家門前，照計畫演那齣戲，然後趕緊回家，這時差不多下午一點左右，她先生剛好打完保齡球回來。

里歐中午過來按門鈴，一臉心情極壞的樣子。他自己一個人在古董店顧店了一整週。

「你的時間都用到哪去了？搞什麼？」里歐大喊，並且踹了地上的箱子一腳。

顯然，巴特雷米一個箱子都沒打開。

「我打古墓奇兵二卡關了，」小巴回答，一點擔憂的樣子。

「這個人真是要逼瘋我！」里歐尖聲喊，像是對身邊一個不存在的人告狀。

「我不知道為什麼你不愛蘿拉．卡芙特，」小巴說著，手在空中畫出大胸部的形狀。

這一句輕薄的話引來里歐再一踹，踢在電動玩具搖桿上。小巴在移動到餐桌之前，去了浴室一趟，打開藥櫃，東一顆西一顆的在不同種類的鎮定劑之間選擇。

他決定選了安眠藥，小巴回到客廳，宣布：

「這位太太，上菜啦，我幫你做了個小點心。」

「這是什麼鬼東西？」里歐發牢騷，看來他沒那麼好騙。

「這是黑橄欖做的麵包沾醬，有點苦，」小巴提醒他，畢竟裡面放了安眠藥。

里歐覺得這個黑橄欖醬真的很苦。

「你就是什麼都能抱怨，」巴特雷米說。「不好意思，有人按門鈴。」是鄰居太太，上門開始演那齣受暴婦女的戲，西蒙和摩根沉著臉，等她把戲演完。

「妳知道嗎？愛咪，」巴特雷米打斷她，「這個週末我幫妳照顧小孩，他們會很安全的。」

里歐差點沒被他的黑橄欖沾醬麵包噎到。但是小巴趕緊說出下一句，讓他完全沒有時間插嘴。

「去吧，愛咪，再見，安撫一下老公。」

就這樣，成功上壘。小巴開心得不得了，但是里歐的脾氣沒有在他的預料之內。里歐突然爆炸開來，用各種字眼罵小巴，可憐的摩根被他一下推開，里歐把他的抹醬麵包一丟。西蒙和妹妹躲到廚房。

「他很快會氣消的，」巴特雷米跟著他們進廚房。「他脾氣大，但是人不壞，我幫他沖個好咖啡。」

咖啡配鎮靜劑。

「你沖的咖啡怎麼有個怪味？」里歐抱怨。「你不覺得嗎？」

「哪有？」巴特雷米堅定的說。「你喝就是了。」

里歐一點一點的放鬆了，周遭的世界變得模糊起來，變得溫柔，愛咪的傷心故事甚至讓他眼睛裡泛出幾滴淚。不過卻是笑出來的淚，因為故事是小巴講的。同一時間，摩根和西蒙在沙發上吃麵包配沾醬，讀著書。西蒙讀著《查拉圖斯特拉如是說》，摩根讀著《杜立德醫生》。

「我累死了，」里歐說，打著哈欠。

小巴估計里歐差不多要倒上床睡了，這樣正好讓他下午空出來。一切都如預料進行，除了……除了有人來按門鈴。

「我去開門！」摩根說。

里歐和小巴對看一眼，驚訝狀。他們沒有想到會有誰來。是鄰居太太。

「他想殺了我！」

「噢，還沒啦，時間還沒到！」小巴試著提醒她。

「他想強迫我喝漂白水，」愛咪囁囁嚅嚅的說。

西蒙驚慌的起身，因為他想到鴨子牌通樂的事。

「這是他星期六固定的發瘋時間，」小巴留意到，「現在是固定週三和週六。」

「你開什麼玩笑？」西蒙對他大吼。「他是真的想殺了她，你看，她脖子上有痕跡。」

「他是有點勒到我了，」愛咪含糊不清的說。「你們不要麻煩了，你太小了，西蒙。」

里歐看著他們，目瞪口呆。就算是被藥錠模糊了腦袋，他也明白事情有點不尋常。

「這個人，到底是誰？」里歐指向西蒙，問。

西蒙決定戳破哥哥的謊言。

「我是西蒙．默勒風。她是摩根．默勒風，我們是巴特雷米同父異母的弟弟和妹妹。」

「什麼？」

里歐艱難的起身。

「不要生氣，」小巴說，「一切很簡單，西蒙會跟你解釋。」

巴特雷米把球又丟回弟弟身上。西蒙用簡單幾句話解釋狀況，作出結論：

「小巴不想跟你承認他是我們的監護人，但是他確實不是，也永遠不會是我們的監護人。」

「為什麼不行？」里歐問。

「因為他是同性戀，監護權法官不希望他當我們的監護人。」

「這是什麼鬼歧視！」里歐尖叫出來。「這些人怎麼能剝奪小巴應該有的權利。」

這樣一來，情況整個不同了。里歐不但不反對小巴當監護人，他還篤定小巴就該當他們的監護人。

「我們要在《解放報》上搞個連署。」他全身熱血起來。

「還要找大名鼎鼎的皮埃爾神父來連署，」小巴順著說。「你不休息一下嗎？」

里歐表示過去這一週確實有點累，他要來睡個小午覺。等他一走出客廳，小巴就轉身對弟弟說：

「好了，我看他至少要睡一下午，我們可以去電影院了。」

「我們要幫愛咪做點什麼，」西蒙說，「報警。」

「不行、不行、不行，」愛咪拒絕，餘悸猶存的樣子。

巴特雷米抓住弟弟運動衫的領子。

「我會搞定愛咪的事。」

西蒙張開嘴，正想說些什麼的時候，小巴用力裝出男子氣概，打斷西蒙。

「我才是大人，知道嗎？小孩。」

他指向愛咪，她還喃喃的說：

「不要，不要報警……」

他把年輕太太推向走廊，帶到浴室，打開藥櫃，拿出一整盒全新的鎮靜劑，交給愛咪，然後用兩隻手指比出勝利的V字，說：

「兩顆。」

他接著解釋這份配方的完整做法：

「把兩顆鎮靜劑跟蔬菜混在一起，用高湯攪勻，一匙鮮奶油，加鹽和胡椒。」

巴特雷米把愛咪這邊的問題解決後，回到客廳找兩個弟弟妹妹。西蒙不想要去電影院，他寧願看完自己的書。

「這些小天才！」小巴嘆了口氣，沒有想到弟弟是太累了，無法忍受冒著寒風再出門一次。

小巴無事可做，倒在沙發上，在弟弟妹妹身旁，他隔著西蒙的肩頭看著西蒙在讀的書。突然，弟弟手腕附近的某個東西引起他注意，他輕輕的掀起西蒙的袖子。

「噢，我的天哪！」他輕聲說，滿是恐懼。

一個紅色印子正在長大，數十條血管爆出青筋。西蒙推開哥哥，把袖子拉下來，兩個人默默無語，假裝在讀書。但是小巴在西蒙的脖子上，看到運動衫領口遮蓋著另外一個紅印。

「這是什麼？」他低聲問，避免引起摩根警覺，摩根正全心全意的埋首在她的書裡。

「我不知道，」西蒙回答，他說起話來有點中氣不足的樣子。

「還有別的嗎？」

「有，越來越多。」

去看醫生，你一定要去找個醫生看。小巴在心裡重複說著這句話，卻開不了口。說出這句話的意思就是要投入自己，要把西蒙抱在懷裡，像個大哥一樣，但是他做不到。小巴從來沒有在乎這世界上的任何人事物過。

「西蒙？」

「嗯？」

小巴說不出口，場面再度陷入寂靜。

「我知道，」西蒙終於接口。「我該去看個醫生。」

他不會去看醫生的，為什麼呢？因為他才十四歲，這一下太突然，他沒有這個勇氣去面對。小巴起身。

「你去哪？」

「我要打電話給我的醫生。你不能繼續讓這玩意留在你身上。」

夏隆醫生是小巴的家庭醫生，從小巴小時候就看他看到大，幫他接電話的助理也是從小看小巴長大的。

「我不知道你有同父異母的弟弟呢！」夏隆醫生留意到，他說。「他怎麼了？你知道，週六我是不出門看病人的，如果是扁桃腺發炎……」

「我看不是，」小巴語帶憎惡的解釋西蒙身上奇怪的紅印，越長越大。

「他有發燒嗎？」

「沒、沒有。」小巴遲疑一下。

「他感覺累嗎？」

「一直都很累！」

電光石火之間，小巴眼前浮現西蒙緊抓樓梯扶手的畫面、靠在牆上的樣子、緊撐著流理台站著的身影……

「把他帶來我這邊，」夏隆醫生說。

「週一嗎？」

「現在。」

第六章
起風時，要保持求生意志

喬瑟安一點一點的發現薇妮絲不為人知的一面。薇妮絲真不愧是默勒風家的人，儼然是喬治．默勒風的女兒。那個來到喬瑟安和她媽媽生命中的男人，在掀起一陣風暴後，還給她們留下巴特雷米這個苦果。

「我有一個肯尼了！」二月的這個週六，薇妮絲來到喬瑟安家時，一臉勝利的宣布。

「啃尼？」喬瑟安問道，她生活中來往的人以得到白內障的老太太居多，不太常跟五歲小女孩相處。

薇妮絲從背包裡拿出玩具人偶。

「是小巴給我的，因為我沒有可以跟其他芭比做愛的肯尼。」

喬瑟安像是被什麼蟲叮到一樣打了個冷顫。

「妳呢？妳也會跟弗蘭索做愛嗎？」薇妮絲甜甜的聲音問。

「呃，是呀，」喬瑟安窘迫的承認。

是否太遲了？這個小女孩還能被端正的教育嗎？喬瑟安的腦中怎樣也揮之不去弟弟離經叛道的舉止，如果不是這層擔憂的話，她可能會對薇妮絲好奇的發問一笑置之。因為，這樣的念頭只不過是一個沒有父母的小孩的疑惑，他們好奇自己到底從哪裡來。但是喬瑟安已經在腦中尋找心理諮商師同行的名字，要幫薇妮絲做檢查。

「我的肯尼內褲裡沒有小雞雞，我不知道為什麼，」薇妮絲一邊問著，一邊幫她的人偶脫衣服。「所有的男孩子都有小雞雞對吧？小巴也有一個，大大的，我在他房間裡看到的。弗蘭索呢？你看過他的小雞雞嗎？」

「夏皮洛！桃若思．夏皮洛！」喬瑟安終於想到她的心理諮商師同事的名字，舒一口氣。

「妳過來跟我一起玩小馬的桌遊嗎？寶貝？」喬瑟安帶著超乎尋常的熱切口吻，提議說。

「對不起，肯尼，我要留你光溜溜在這邊了。」

她把一個芭比蓋在肯尼身上，溫柔的笑一下，滿是對這個男性人類的關懷。

「這樣可以讓他溫暖一點，」她對喬瑟安解釋。

喬瑟安淡淡的笑一下，擲出骰子。

「噢！運氣太好啦，是個六！」

一邊玩，薇妮絲一邊算骰子的點數，越算越心不在焉。她開始用手指算起她認識的所有默勒風家人。

「小巴、你、西蒙、摩根、我。總共五個，看看。」

「沒錯，五個，」喬瑟安贊同，並且發現父親沒被算進去。

這個小孩可能對喬治．默勒風沒有印象了，但是每當喬瑟安一想到他，這個男人的身影就歷歷如繪。高大、強壯、話多。非常帥，特別是帥這一點。小巴和薇妮絲就是他最好的翻版。他是個不折不扣的「男人」，在酒吧裡彈鋼琴、抽雪茄、晚上不睡覺、有時一大早已經醉醺醺。當他在家裡大開派對，她的心從來沒放鬆過，喬瑟安因此對男人心生恐懼。然後，又走了，就像停泊的船切斷纜繩，一下走了。留下她和她已經懷孕的媽媽。喬瑟安發現薇妮絲正在跟她說話。

「妳說什麼？寶貝？」

「為什麼妳不喜歡『耳玩』呢？」

就在喬瑟安快招架不住薇妮絲的疑問時，小巴正在夏隆醫生診間的等候室。更確切來說，他在夏隆醫生診間的等候室不耐煩等著，翻著雜誌、放回去、手指敲著沙發的扶手、起身、又坐下。很無助的樣子。西蒙卻感到巨大的寧靜，終於解脫了。他終於可以把藏了好幾週的事情分享出來。門開了，醫生從門縫中探頭，小巴稍稍起身，卻讓西蒙自己進去。十五分鐘後，門又開了。

「小巴！」醫生嚴正的叫了他。

小巴到他前面的時候，夏隆醫生把手放到他肩上，很重的壓一下。

「坐下。」

西蒙穿著衣服，不發一言。

「所以說，」醫生對小巴說，「你們兩兄弟才剛認識不久，是嗎？」

小巴望向西蒙還裸著的上身，跟手臂上一樣的紅印和發青的腫塊在他身上。小巴想到他的鄰居太太，西蒙會是被打了嗎？被誰呢？他疑惑的眼神對上醫生。夏隆醫生的臉上倉促擠出笑容。

「好了，我已經幫西蒙做了些檢查，但是還需要更全面的檢查。首先是抽血。」

「我要跟他的社會局專員談談，」小巴說，急著把燙手山芋丟給別人。

「星期一就要去抽。」

西蒙穿好衣服了。

「你去外面等一下好嗎？」夏隆醫生建議西蒙出去，語氣盡量平常的樣子。

西蒙壓抑住自己的笑意，又是一個不知道他是智力早熟生的人。門一重新關上，醫生略為清了嗓子，在紙上寫了幾個字。

「我還有一兩件事要跟你哥哥商量。」

「這是一個聖安端醫院的醫生聯絡方式，西蒙要立刻住院。」

「是為了抽血？」

「要做胸骨穿刺。我不想嚇到他。你自己跟他慢慢解釋，但是我沒有時間跟你慢慢解釋，這非常有可能是血癌。」

「不可能。」

小巴搖頭，他否認。

「我不能百分之百肯定就是，」夏隆醫生話說回來，「我確實有可能搞錯了，但是他需要做一個檢查，這很重要。」

小巴低下頭。不是的，這不是他的人生，這不關他的事，社會局專員會搞定這全部。

「所以，我給你的這個名字是聖安端醫院的醫生，莫瓦桑教授非常優秀。打給他，跟他說是從我這邊轉診的。他乍看冷漠，卻是個非常有人情味的人，他是真的為病人奮戰到底的醫生，專門看年紀小的血癌患者。」

小巴以為自己沒聽進去這些話，但是這些字串卻進入他的腦袋、滲入他的皮膚。「聖安端」、「莫瓦桑」、「血癌」。還有「要堅強」、「意志力」、「祝你們好運」做為結尾。西蒙微笑著在外面等待，小巴想要對他大吼，「你這傢伙，得血癌了！完蛋了你！」

每個人有自己的命。為什麼他要擔心呢？小巴自問。西蒙自己要搞得血液裡出了問題，這也是他的命。小巴對西蒙做出一個嘲諷的笑臉。

「走囉？西妹妹！」他說。

西蒙聳聳肩，低聲問：

「所以呢？醫生跟你說什麼？」

「應該是你要告訴我才對，」巴特雷米反駁說。

「是貧血嗎？醫生到底跟你說什麼？」

西蒙早就知道醫生叫他先出去，是要把詳情說給哥哥聽。

「他才沒有跟我說到你呢！」小巴回應。「他叫我小心愛滋病，就只有這樣。」好像言之成理，而且西蒙也不想多追問這方面，就此打住。

回到家裡，里歐睡完午覺，摩根也讀完《杜立德醫生》了。里歐腦子還鈍鈍的，脾氣非常差。他捍衛同志權利的激動心情和連署的熱情已經冷卻。他把小巴拉到一旁。

「你說，我們不是要顧這兩個小鬼一整個週末吧？不能把他們送回孤兒院嗎？」

他好像是在說兩個郵局包裹一樣。巴特雷米怒看他一眼。

「不行，我答應他們了。」

里歐冷笑，小巴臉上一副自以為從來沒有許出承諾又困擾的樣子。

「好吧，但是下週末，不能再讓他們這樣被塞來這邊。」

「那我就只在週間去孤兒院看他們，」小巴回答，「這樣，你滿意了嗎？」

小巴打算不時去孤兒院看西蒙的狀況，還要一個月買一個芭比給小妹妹。「這樣，就扯平了，」他想。但是，接下來的一整個晚上，他都在想著醫生的宣判。「血癌」這兩個字佔據他所有的心思。小巴看著里歐陷在沙發裡看著電視，他想：「他打開血癌。」他做一道沙拉，找一瓶醋，他對自己說：「我把血癌放到哪裡去？」

餐桌上，里歐對兩個弟妹態度很差。

「我們不是要把他們養肥吧？看看這一隻，太瘦了，這個年紀的孩子，大口吃起來滿嘴油呢。」

巴特雷米忍住不發作，但是他的雙手煩躁的抖起來。里歐對西蒙出擊：

「你看起來不像是小巴的親弟弟，你這麼醜。」

巴特雷米從椅子上彈跳起來。

「你放過這個小鬼好不好！他得了血癌，你懂嗎？血癌？是癌症。他已經沒有爸媽，現在，他還得了癌症。才十四歲，他到底做了什麼？到底為什麼要受這個罪？這麼棒的一個孩子，為什麼要發生在他身上？」

小巴對里歐說，又是在對神說。只有一片寂靜回應他。這個呆滯的寂靜籠罩整桌的人。西蒙直直看向前方，眼神空洞。這些印子，就是這個意思嗎？他有血癌。一滴淚滑下他的臉頰。他以為自己更勇敢的，但是鼻子卻抽著氣。小巴明白過來自己剛剛做出了什麼。他把手放在弟弟臂膀上，說著醫生跟他說過的話：「要堅強」、「意志力」。

「你有機會治好的，」他繼續說。「莫瓦桑教授超厲害，他治好了百分之九十的血癌患者，百分之九十耶！」

他說謊從來沒有這麼不眨眼過。

「我會陪你去抽血。我會陪你，你看好了，我們會一起克服。」

而他，到底怎麼生出這些話，這些動作呢？他輕輕搖晃弟弟的肩膀，弟弟還在嚇呆的狀態，他用手臂抹掉弟弟的眼淚，他甚至還看看摩根怎樣了，對這個消息作何反應。妹妹眼神直直看著他，不知道是絕望還是崇拜。在她人生的這片不幸的汪洋中，地平線上出現一個小帆舞著，就是這個即將拯救大家的超棒大哥。

里歐的同情心只短暫出現一會。稍晚，在睡房裡，他又試圖恐嚇巴特雷米。

「你不是要把這麼重的擔子擔下來吧？血癌就是要化療、成天嘔吐、掉一地頭髮。這小毛頭，已經夠瘦了，還會再瘦成皮包骨。就像剛從集中營出來那樣。」

「他沒辦法治好的，」里歐預測，「但是十四歲的孩子，身體還很好，要耗上很多時間才翹辮子，一年，兩年。你想想看，兩年間每天跟死神打交道？一天到晚就是抽血、吊點滴、打嗎啡！」

他歇斯底里的喊起來，房門被打開了，是西蒙。

「你可以講小聲一點嗎？我都知道血癌是怎麼回事了，感謝你。」

里歐轉向小巴。

「現在是他來教我我家的規矩？」

「你哪隻眼睛看到他來教你規矩了？」小巴回覆。「這裡是我的家，你想煩死我就滾。」

小巴說話的音調或許有些嬌氣，但卻無比堅定。

星期天中午，里歐把自己的家當再打包回去。小巴忍受了大半個夜晚的威脅叫鬧，現在感覺自己還沒睡飽。他把兩弟妹帶出去餐廳吃飯。

「我很抱歉，」西蒙怯怯的說，也不知道自己在道歉什麼。

「問題不是里歐，」小巴乾澀回道，「問題是我的工作。」

他工作沒了。

「不用做什麼事，薪水還很好。這種工作也不是到處都找得到的。」

「這種工作不是到處都找得到，」西蒙心想沒有說出口，「而且說出來不是太好聽。」他哼唱起來：「我就是個小白臉……」

「我沒有能力養你們，」小巴低聲埋怨，當作回覆。

「如果你可以當我們的監護人，而且主張我們的親權，你會得到社會津貼，那就能養我們了。還有媽媽留下的錢可以管理。」

西蒙早把這些都想過了。

「很貼心的想法，」小巴回他。「但是法官不會答應的。」

「就因為你是『搞gay的』嗎？」摩根詢問，她不知道這不是適當的說法。

小巴做出受侮辱的臉色。

「噢，我的天哪！知道嗎？你們這些默勒風的人，就是這麼煩。」

但是，說完，他笑了。他也想了想，西蒙說的沒錯。如果他照顧這三個孩子，他就能得到經濟上的補貼。然而，要假裝成這個角色，他必須裝出一個正常人的樣子。對那個年輕法官放點電？有什麼不好呢？她人很不錯。但也很難說。她要不就是開心接受……要不就是勃然大怒。還是要假裝自己有個女朋友呢？小巴臉上笑顏逐開。就是這樣！沒錯！他就要假裝愛咪是他的女朋友，這還不簡單？反正她一天到晚到他家來。

小巴胃口大開的吃著，在他腦中，一切問題都解決了。他要假裝自己愛女人，成為三個小孩的監護人，然後找個不太辛苦的小零工，做些幫老太太遛狗那種差事。唯一還沒撥雲見日的就是西蒙的血癌。但是這段時間小巴一再想到這個字，好像也習慣了。血癌。血癌。「這個鬼東西很容易治療的，」他心裡這樣決定。他的週六已經毀了，這個週日他要用蘿拉．卡芙特的機關槍打爆地表上所有恐龍。

星期天晚上，默勒風兄妹回到扶利梅西谷區孤兒院，在兩姊妹的小房間裡。薇妮絲得到很多禮物，一個布偶、一把水槍，和一條糖果做的項鍊。

「還有『耳玩』！」她洋洋得意的說，撩起自己的一頭捲髮。

她趴在地毯上，開始畫一群小人兒手牽手跳舞的樣子。

「這是默勒風一家人，」她解釋給摩根和西蒙聽。

她數著：小巴、喬瑟安、摩根、西蒙、薇妮絲。還有第六個小人，比所有其他人都高。

「這是誰？」摩根和西蒙問。

「這是爸比。」

三個孩子一句話也沒說，手牽起手，就像畫中人物一樣。西蒙閉起眼睛，用力的想著：「要堅強、意志力」。

第七章

羅虹絲氣急攻心，小巴鋌而走險

愛咪的丈夫是女性內衣品牌的業務代表，每天早出晚歸，有時一出門幾天都沒回來。回家前總是毫無預警，但是愛咪必須在家裡等他。

這個週一早晨，小巴在窗前窺看著他離開，當他的車子開出路口一轉，小巴對著鏡子看看自己，梳梳頭髮，不滿意，又撥亂回去。他把襯衫襟口開低一點，看看自己一頭亂髮跟微微倦容，欣賞鏡中的自己好一陣子。

「帥氣爆表，」他評道。

他爬上樓，按了電鈴。鄰居太太驚慌的開了門。

「你忘了什……噢，小巴！」

「鎮靜劑好用嗎？」巴特雷米問她，頭靠在門框上。

「噓！他才剛離開呢。」
「我知道。愛咪，說到這，我想請妳幫個忙。」
「噢，不要啦！」年輕太太怨道。「每次要幫什麼忙都失敗。」
小巴玩著愛咪的領子。
這是小巴讓講話對象飄乎乎的小伎倆。
「很簡單的，愛咪。妳就裝作是我的女朋友就好了。」
「沒人會相信的，」她斷然回答。
「妳這是要讓我難看嗎？我們只是要騙過監護權法官而已。如果我不看起來正常一點，根本沒有人會把孩子交給我照顧。要像妳先生那樣正常，他是正常的，我不正常。」
小巴咬牙說出這些話。
「不好意思，小巴，我得坐一下，」愛咪突然說。「早上起來，我都有點不舒服。」
「噢，我的天哪！妳不是也得了血癌吧？」小巴抱怨，怎麼人生的厄運接踵而來？
「不是啦，不是，我是……」

她的聲音越來越小聲。

「我懷孕了。他還不知道。我懷孕時他就只會發飆。」

「太完美了，」小巴說。「我女朋友懷孕了。這樣不就是正常嗎？但是妳還要再墊個抱枕，因為現在什麼也看不出來。」

就這樣，一如既往，小巴再度心想事成。法官下午要過來拜訪，愛咪剛好可以裝個女主人的樣子幫她開門。

「妳要用親暱一點的方式跟我說話，」小巴走之前跟她說。「來，試試看。」

「不要擔心，我會的，」愛咪回答，她的雙頰泛起些微紅暈。

「搞不好，妳叫我『親愛的』會更好呢？」小巴若有所思的說。「妳試試看。」

「不用啦，」愛咪反對，「一起生活的人不見得會互相叫『親愛的』。」

「那他們會拿鍋蓋往對方臉上砸嗎？我不能相信妳的經驗，我呢，我覺得正常住在一起的人會互相稱呼對方『親愛的』。」

「不一定。」

「我覺得會。」

這兩個人為了這一點僵持不下，就快要吵起來了。

「算了啦，我們別吵了，」小巴讓步。「我這邊呢，很難不用敬語方式跟妳講話，而妳呢，對我叫不出口『親愛的』，妳別說了，我理解的就是這樣啦。那，我就還是照用我的方式跟妳講話，但是叫妳『親愛的』，而妳呢，就親暱一點跟我說話，但是稱呼我『默勒風先生』。重要的是，我們看起來要是一對恰到好處的伴侶。」

愛咪笑出來。世界上也只有小巴能讓她笑了。

小巴覺得自己的計謀大概逃不過西蒙的法眼，所以就沒有特別跟他說。

「今天早上不能去學校真討厭，」小巴載西蒙去檢療中心的路上，西蒙說。

「我的哲學功課才做到一半。」

「你知道嗎？你才十四歲。我呢，二十歲才考高中畢業考，你還有很多時間。」

「這樣說要讓你難過了，但是，小巴，我沒把你當做榜樣喔。」

西蒙老是後悔自己在巴特雷米面前展現出的自負。這不是他想要說出口的話。這個早晨，儘管剛得知自己的厄運，他還是很滿足的。他在哥哥的車裡，坐在哥哥旁邊的位子上，他很滿足。是這個厄運的出現才拉近了他們的距離。

是命運的安排嗎？是天意嗎？是神嗎？是某個未知的事物或存在，讓我們的命運交會？西蒙剛剛接觸哲學，他在檢療中心伸出手給護士時，心中想的是這個問題。回答他的，是一聲大叫。接著幾隻試管摔碎在磁磚地板上。原來是小巴一看到針筒裡的血就暈倒了。

「明天晚上結果就可以出來，」檢療中心的櫃檯小姐說。「你好一點了嗎？這位先生？」

這個充滿關切的詢問，當然是朝著小巴的。西蒙幸災樂禍的留意到，巴特雷米就是有種不論在哪都能吸引到各方注意力的亮眼特質。回程路上，小巴無意識的打開廣播，一段藍調鋼琴音樂流淌在車內，讓他在方向盤上輕點著指尖。

「爸爸彈的音樂就像這樣，」西蒙的聲音像是從一層濃霧裡透出來。

「爸爸？」小巴回神過來。「你是說……」

「你的爸爸。我的爸爸。你知道他是作曲人嗎？」

小巴初次意會到，西蒙曾經認識過他們的爸爸，甚至還有若干清楚的記憶。彷佛是弟弟知道一些關於他的祕密，而他不知道一樣，這讓他不太自在。

「他離開的時候，你還很小嗎？」西蒙問他。

「他離開那時，我是用公分計算大小的，不是用歲數計算大小的。」

「你還沒出生？」

小巴知道自己不用多說。喬治・默勒風拋棄一個有孕在身的女人。悲慘落在這個女人身上，辱罵卻落在他巴特雷米的身上。一個不要他的男人，他恨這個男人。

「你跟他長得很像，」西蒙說。

在這個藍調音樂之下，一些對話和畫面浮現西蒙腦中。這是那個睡前唸馬克思宣言給他聽的爸爸，是那個面對吵鬧嬰兒一匙一匙哄餵的爸爸、半夜彈起鋼琴的爸爸、走在陽台外緣像走鋼索保持平衡的爸爸，像個耍雜技的男人，卻又反覆無常。西蒙說起他來，他細細講，講到爸爸不回家時媽媽流淚的樣子，講到爸爸又回家時媽媽大哭大喊的樣子。

「你的眼睛就跟他一樣，」西蒙更仔細的解釋。「但是，他跟我一樣有近視眼。」

他一邊看著前方的路，一邊說著。能夠在這段爵士樂背景下，談起這個謎樣的男人，讓他開心。如果他能往身旁望一眼，他就會發現小巴緊抓方向盤，下巴痙攣著。

「不要跟我講他的事！」他終於吼出來。

「但是……」

「再說我就殺了他！」

我要殺了他陰魂不散的影子，我要殺了你的回憶，我連曾經認識他的你都殺了。用蘿拉．卡芙特的機關槍，小巴放掉方向盤，假裝瞄準。

「你搞什麼！」西蒙尖叫。

輪胎吱嘎作響，差點就出了車禍，及時避開了。

「默勒風兄弟死於車禍中，」小巴開玩笑說，就像在讀報章頭條一樣。「你覺得默勒風先生，爸爸會來參加我們的喪禮嗎？」

「意思是你覺得他還活著嗎？」

「在我還沒親自扁他一拳之前，他就是還活著，」小巴咬牙說出這句話。

這週一，默勒風兄妹的檔案再度讓監護權法官頭很大。她還不知道西蒙週三已經住院的事，是喬瑟安．默勒風的一通電話讓羅虹絲心煩。據這位眼科醫師的說法，巴特雷米讓小薇妮絲受了一些驚嚇。

「驚嚇？」羅虹絲重複道。

「小巴可能習慣在家裡赤條條走來走去，我還是不找其他解釋比較好吧。」

喬瑟安只不過是聽到薇妮絲用促狹的語氣說了小巴的「雞雞」，卻把話說成薇妮絲受了驚嚇。但是她必須讓法官做出一些判決，禁止小巴在家裡會見小孩子。

「我剛好等一下要跟默勒風先生見面，」羅虹絲回答。「我們會討論這件事。」

喬瑟安留意到法官嘴中，巴特雷米又變成「默勒風先生」，她覺得很滿意。這個稱呼才對嘛。

當法官按小巴家門鈴時，很驚訝發現居然是一個女性面孔來應門。

「來找小巴看孩子嗎？」愛咪用一切了然於心的語氣說。「進來吧！小巴在客廳。」

小巴快手快腳的把電動玩具搖桿收起來，抓了《費加羅報》的徵才頁來看。他覺得一道「正常感」從他頭頂上灌注進來。

「我在找工作呢！」他一邊起身一邊說。「早啊！我想妳認識愛咪吧？什麼？不認識？」

他做出驚訝的樣子。

「親愛的，」他說，「幫我們沖杯咖啡好嗎？」

他差點要說「不要加鎮靜劑」，但是趕緊控制自己沒說出來。羅虹絲大惑不解，這個女人來這裡做什麼？她看起來比巴特雷米年紀大，十分無精打采的樣子。羅虹絲更仔細觀察，發現她臉頰上有一道還沒完全長好的傷痕，下唇也有點腫。

「我從樓梯上跌下去，」愛咪說著，手不自覺地摸向自己的臉。

「這就是所有受暴婦女的說法，」法官想著，很驚訝聽到這句話。

「默勒風先生，我必須單獨跟你談談，」她嚴肅的說。

巴特雷米轉向愛咪。

「親，呃，親愛的……抱歉，妳可以離開一下，讓我們兩個人單獨說句話嗎？」

愛咪點點頭，嘆了口氣。小巴想要假裝正常時，看起來更不正常了。只剩下他們兩人的時候，巴特雷米靠近法官。不巧的，法官沒有襯衫領子可以讓他整理，她穿著一件深V的毛衣，領口收在山谷曲線。

「默勒風先生，我要問你一個有點……」

羅虹絲覺得很尷尬。

「反正……說白了，薇妮絲說你做了……」

小巴一聽到他可愛的小妹似乎指控了他什麼，不管是什麼，他都很驚訝。

「說你……呃，她的說法是，」羅虹絲吞吞吐吐說，「給她，說你秀給她看……是說，你是天體主義者嗎？」

「不明白，」小巴喃喃說。

「薇妮絲跟喬瑟安說她看到你的雞雞，就是這樣。」

羅虹絲深深吐一口氣。小巴聳聳肩。

「欸，對。」他的口氣，像是不明白這句話怎麼需要這麼多迂迴。

「對？你承認……」

小巴皺眉，他突然明白法官口中對他的指控是什麼。

「噢！我的天哪！」他大叫出來。「那個小鬼頭進來我房間！我那時正要去沖澡咧！我房間沒鎖！」

他竭力解釋，一臉驚慌。

「妳相信我說的嗎？那個不是故意的！妳問西蒙，他在場。」

「啊？西蒙在場？」法官音量提高。

「摩根也在呀！他們全部跑進我房間。噢，我的天哪！我那時正要去沖澡。」

他說到快哭的樣子。

「怎樣都是我的問題，是這樣嗎？妳不想把監護權交給我，就說吧！妳知道嗎？我看透妳的小把戲了。」

「我沒有什麼小把戲，」羅虹絲反駁。「是你的姊妹說……」

「姊妹？哪一個？薇妮絲還是喬瑟安？」

羅虹絲覺得天旋地轉，一天傍晚的低血糖症狀。她需要吃塊巧克力。

「等等，我要坐一下，」她喃喃說。

「是怎樣，」小巴抱怨。「妳是懷孕了還是得血癌啦？」

「你在說什麼？」法官不耐煩說。

「沒什麼，」小巴漫不經心的說。「因為愛咪懷孕了，西蒙得血癌了。」

「什麼!?西蒙……」

「啊，妳還不知道嗎？」小巴留意到這點，依舊是一副散漫的樣子說。「我週六才剛知道的。」

「不可能的，」羅虹絲憤慨的說。「真不知道你在說些什麼！」

「去問我的家醫，夏隆醫生，這件事就跟洗澡那件事一樣，我說的都是真的。」

小巴突然內疚一下，修正說：

「除了愛咪的事，愛咪是懷孕了，但不是我的孩子。」

「不好意思，」羅虹絲說。

她打開包包，拿出一片巧克力，這是她人生第一次，在旁人面前屈服於自己竭力隱藏的罪惡小癖好。巴特雷米饒富興味的看著她。

「我也是，我只喜歡黑巧克力，」他看起來也想吃的樣子，說。

「你想吃嗎？」

她掰下兩塊巧克力，遞給他。

「這個牌子很不錯，」小巴賞識的說，指著包裝。

「再拿幾塊去，」羅虹絲說，她感到心情平復一點了。「薇妮絲……」

「……她沒敲門就闖進我房間。」

「愛咪……」

「……是我樓上鄰居的太太。」

「但是為什麼你要叫她『親愛的』？」羅虹絲疑心問。

「我想要看起來正常點。」

羅虹絲看看自己那排巧克力剩的幾塊，決定都吃掉。

「西蒙？」她又問。

「……得了血癌。」

「噢，我的老天爺！」

嘴巴裡正在吃東西時，說出「老天爺」三個字不太容易。

「目前這樣，妳還不能接受，」小巴安慰她。「但是只要一直重複『血癌』這幾個字，就會習慣。血癌、血癌、血癌。」

羅虹絲只感到自己的腦袋失去控制，小巴想安撫她，輕輕用指尖順著她的山谷曲線游移著。

「沒辦法的，」他溫柔的說。「人生就是這樣，親愛的。」

他的手被打了一下。裝出正常的樣子老是沒有什麼好下場。

第八章
醫療團隊上陣

薇妮絲首先問桃若思．夏皮洛：

「這就是我來這裡的原因嗎？」

「如果妳想要的話，可以跟我聊聊，」心理醫生回答道。「但是，如果妳想要用畫的，用黏土捏出來，用洋娃娃說或其他方式都可以。」

「我喜歡畫畫。」

心理醫生把一些白紙跟色筆推到小女孩前方。

「我要畫什麼？」薇妮絲問，她有點不太清楚是不是跟在學校一樣。

「畫你想畫的。」

「我很會畫惡魔，」小女孩提議。

「惡魔？」

桃若思．夏皮洛避免去評論小孩說的話。她只是用詢問語氣重複他們句子的最後幾個字。

「西蒙欺負我的話，我就畫一個惡魔給他，」薇妮絲一邊說著，一邊畫她的長角小人。「有時候，我寫上『西蒙笨蛋』。」

「『西蒙笨蛋』？」

薇妮絲不好意思笑了笑，像是她這個年紀的小女孩知道自己說了不該說的粗話發出的那種調皮笑容。她畫完自己的惡魔，然後旁邊寫上：「西蒙ㄍㄟˋㄍㄟˋ」。

「西蒙ㄍㄟˋㄍㄟˋ，」桃若思高聲唸出來。

「意思就是笨蛋。」

「是這樣嗎？」

薇妮絲用她五歲小女孩的直覺，直切問題重點。喬瑟安．默勒風在事先已經跟心理醫生有了初次一對一會晤，她那時滔滔不絕的聊到自己同母異父弟弟同性戀的事，聊到他也有可能成為薇妮絲的監護人。

「那巴特雷米，妳也畫惡魔給他嗎？」桃若思假裝無異樣的詢問。

「才不會呢！」薇妮絲大叫。「要畫愛心！」

「畫愛心？」

「畫三個，因為我這麼、這麼、這麼愛他。給蒙面俠蘇洛也要三個。」

「蒙面俠蘇洛也要給三個？」

「對，等我長大後，我要嫁給蘇洛或是小巴。」

「妳想要嫁給小巴？」

薇妮絲出現一個有點挫折的表情。

「我知道，我們不能跟自己的哥哥結婚，那些什麼鬼的。但是，小巴真的太～帥了。」

「太帥？」桃若思假裝很驚訝的樣子。

「妳想要我畫給妳看嗎？」

「妳畫妳想畫的都可以，」心理醫生再度提醒她。

「那我要畫他沒穿衣服還是穿衣服？」

桃若思忍不住泛起微笑。這個小女孩完全明白自己為什麼在心理醫生的辦公室，還有是什麼事情嚇到喬瑟安．默勒風。

「妳就畫妳想畫的，」桃若思再重複這句。

小女孩看起來有點遲疑，接著，她嘟了一下嘴，像是放棄的樣子。

「我不會把他的裸體畫給妳看，因為我沒有看清楚。他跟我說『噗區』。」

「他跟妳說『噗區』？」

「要把我趕出房間，他不開心啊，我沒有敲門。」

「就是這樣，」桃若思作結論，讚嘆小女孩能有這樣的理解能力，即便是無意識的。

薇妮絲成功的平息這場風波，小巴不是暴露狂。薇妮絲確實是個好奇心非常重的五歲小孩。她畫了個非常帥的巴特雷米，頭上有個皇冠。

「這是白馬王子嗎？」心理醫生忍不住說。

薇妮絲搖搖頭。

「這是東方賢士，他帶了一個禮物給我。」

「一個禮物？」

小女孩用一個難以理解的狡黠笑容衝著心理醫生。

「『耳玩』，」她說。

作為結尾，薇妮絲重新數了家族成員，畫了一張默勒風全家福。這一次，她畫了七個。小巴、喬瑟安、西蒙、摩根、薇妮絲、爸爸、在天上的媽媽。媽媽是剛剛加入這個團體的人物。

「非常早熟的小女孩，」心理醫生在自己的筆記裡寫道。「正在接受媽媽離開的事實，對性的好奇程度與年紀符合。」

喬瑟安對桃若思猛問不休，她想要診療內容的報告，還有，如果可能，（但是她不承認）一些可以攻擊巴特雷米的控訴內容。但是桃若思避而不答，她不會背叛她的小小患者。

「薇妮絲可以繼續跟她哥哥見面，」心理醫生只簡單這樣說，「因為呢，沒有任何問題。」

「那監護權呢？」喬瑟安激動大叫。「法官不能把監護權判給巴特雷米！他是個同性戀！」

心理醫生猜想，如果說默勒風家人誰有問題，那就是在於喬瑟安跟巴特雷米之間這個問題。他們兩個在搶小孩。

她不想針對喬瑟安，說都是她的錯。畢竟她不認識巴特雷米。

「如果薇妮絲可以開始做心理諮商，會是好事，」她說，「因為，她剛經歷一段可怕的事情。但是，你們可能也需要全家人一起做個家庭諮商，因為，妳跟妳弟弟之間可能有一些東西需要說清楚。」

儘管桃若思輕易能解讀他人想法，表達出來卻不容易。

「家庭諮商！」喬瑟安重複這幾個字，彷彿這是好一陣子以來她聽過最愚蠢的事。「但是我沒事，謝謝。」

當晚，喬瑟安的先生忍受她滔滔不絕的發難。「這些心理醫生真是不可思議！他們能給你無中生有一些問題，但是，當我們向他們警告，一個戴著耳環的男人，走路扭扭擺擺，送男玩偶給小女孩，甚至還赤身裸體在她面前走來走去，他們居然看不到問題在哪裡！」

小巴並不知道他成為這場精彩的行為舉止研究的主題。在這個週三早晨，當他推開聖安端醫院大門時，他卻知道接下來的時光很難熬。

「我們要問一下櫃檯，那個什麼的科在哪裡……」

當他跟西蒙一起的時候，「血癌」這兩個字就沒那麼容易進到他腦中。

「不用，」他弟弟一邊指著一塊寫著「莫瓦桑教授」的牌子，一邊回答。

「是在這邊。」

小巴緊張的看了一下錶。

「我們提早到了，可以在花園走一走。」

「去等候間吧，」西蒙音調帶著疲倦，回答說。

小巴給他一個口香糖。

「不用緊張。」西蒙推開那條口香糖。

他們兩人來到這個紅磚建築物前方時，巴特雷米嘴中發狂的嚼個不停，西蒙則已經因為焦慮和疲倦出了一身大汗，行走困難。一個護士在走廊末端迎接他們。

「西蒙．默勒風？教授很快就來了，兩位先生，請坐。」

這裡並不算是一個等候室，而是幾張椅子圍了半圈，雜誌架上放著三本去年的雜誌。

「好臭啊，真噁心，」小巴用要死不活的語氣埋怨。

他說的是醫院的味道，這味道混雜乙醚和漂白水，足以讓人憂鬱一天。

「不用緊張，」西蒙重複說。

醫生準時來了。尼可拉．莫瓦桑大約四十歲左右，很有活力。不說話的時候，他看起來年輕十歲。從某些病房走出來時，他看起來又像老了十歲。他選擇的這個工作，面對的勝利往往是如履薄冰，失敗總是殘酷逼人。他的病患全是些生死存亡間的人。

「西蒙？」他站在男孩面前，說。

他手上已經有默勒風的完整檔案，他從夏隆醫生那邊得知，西蒙是個孤兒，十四歲就在念高三。兩兄弟站起來，莫瓦桑醫生往小巴看了一眼，微微頷首致意。

「我是尼可拉．莫瓦桑，」醫生說著，握住西蒙的手。「我需要打個電話，十分鐘後才能幫你看診，能原諒我嗎？」

「沒關係，先生，呃，醫生。」

西蒙很少對該使用什麼字眼遲疑不決，但是他被這個醫生震懾住了。

「我的病人都叫我尼可拉，」醫生允許他直接叫自己名字。

西蒙領會到醫生向他釋出的隱然信號。他已經成為這個醫院的病患了。他露出一個接受的微笑。十分鐘整之後，護士準時回來找兩兄弟。

莫瓦桑教授的辦公室在醫院這個世界裡看起來別有洞天，非常氣派。小巴和西蒙在黑色的皮沙發坐下，醫生把桌上一束盛開的冬季花朵移開，以便同時看到兩兄弟。但是很快的，他只專注在西蒙身上。

「我收到抽血報告了。報告確認了夏隆醫師的診斷，是血癌。」

「是說我大限將至的意思嗎？」西蒙裝出個不在乎的樣子，說。

尼可拉．莫瓦桑又把花束移開，像是要迴避這個問題。

「我也是一樣，每個人都是一樣。眼前，你還活著。」

這句話說得突然，像是想阻擋西蒙直直往絕望路上走去。

「西蒙，你的血液裡未成熟的白血球增生太多，把血液成分的平衡破壞了，那些白血球蔓延得像森林大火在燒一樣。我們有能力可以跟它對抗，但是你必須要一起幫忙。」

醫生用眼神詢問西蒙，西蒙垂下眼睛許久，表示同意。

「我們要一起設定一個目標，你和我兩人一起，我們一起達成。」

這是莫瓦桑一慣的做法，小患者說出他們想要的目標，例如回到家裡過今年的聖誕節，如果教授認為目標有機會達成，他的團隊就會竭盡所能幫助患者達到這個目標。

「有沒有什麼事情，是你不管怎樣都想要實現或達成的呢？」莫瓦桑教授詢問。

「我想要考過高中畢業會考，」西蒙立刻回答。

「很好，現在是二月。考試是在六月底嗎？這樣我們有……將近五個月的時間。」

教授噘起嘴。他衡量著情況。他手上的資訊還沒有辦法判斷這個目標的真實機率。他又再度望一眼旁邊那位口香糖嚼個不停，讓他出奇反感的年輕男人。這一眼讓小巴停下動作，把口香糖貼在上顎。

「你就是西蒙同父異母的哥哥嗎？」
「嗯，」小巴說，他的舌頭黏住了。
「你能幫助他嗎？幫他把學校功課帶來醫院，幫他看功課跟上進度？」
巴特雷米瞪大雙眼。
「小天才是他好嗎！」他把手指向西蒙。
莫瓦桑醫生向後倒在他的座椅深處，不太滿意的樣子。他從桌上拿起一副眼鏡戴上，盯著小巴看，小巴臉一紅，醫生立刻扯下眼鏡。這個審視只花了兩三秒左右，小巴感覺自己好像醫生手上那副眼鏡一樣被拒絕了。
「好，」莫瓦桑說著，只面對西蒙。「我們立刻幫你辦入院手續，需要在胸口做骨髓穿刺。明天就開始治療，到時我再跟你講解療程。明天我們在你的病房開一個小會議，到時我們來討論六月的會考能不能列入計畫。」
西蒙露出一個滿意的笑容。莫瓦桑醫生要在醫院開「帕瓦會」。
「我不是馬上就要死嗎？」他開玩笑說。
「你想活嗎？」醫生測試他。
「想。」
「想活到幾歲？」

「八十九歲。」

「才八十九歲？我還以為你野心更大呢！」

他們兩個都笑了。當護士來接西蒙時，他的心情已經平靜下來了，他們一起到一樓，一一七號房。他換上衣服，躺下，等待院方來接他去做穿刺。

「你覺得這個醫生怎樣？」他問哥哥。

「帥爆了，」小巴喃喃說。

「你真是白痴，」西蒙一邊說著，一邊闔上眼睛。

他隨即張開眼睛。

「明天幫我帶書過來，好嗎？書在孤兒院那邊，我的行李裡面，還有我的作業本、我的筆袋、考卷。還有通知我的學校？你要去跟校長菲利普先生說一聲，可以嗎？」

「是的，老闆，」小巴說，一副已經不行的樣子。

當有人來帶西蒙去做檢查時，小巴想著骨髓穿刺到底是什麼。接著，他想到自己應該會避開不看，就不去想這個問題了。西蒙沒有這等興致，莫瓦桑醫生的年輕團隊有時對醫學研究過分認真。其中一個年輕卻頭已微禿的醫師，用興匆匆的語調跟西蒙解釋，要在他骨頭上用粗針管（「就像鑿子一樣，」他強調）穿刺進去，然後用一根針管把骨髓吸出來。

「會讓我睡著嗎？」西蒙問。

「不會，」醫生回答，彷彿說著一個好消息。「我們會在穿刺前幫你塗一個藥膏，讓你放鬆一點。如果不夠，你還可以從這個氧氣罩裡面，吸一個笑氣跟氧氣混合的氣體，這些很管用的。」

事實上，這個藥膏跟那個混合氣體，完全不管用。但是醫生必須要讓病人放下心來。

「媽咪！」當T型管穿進骨頭時，西蒙尖叫。

當針頭刺入，吸取骨髓時，他緊緊絞著手。

「剛剛還好嗎？」護士幫助西蒙躺下時，小巴問道。

「帥爆了，」男孩回答。「我要睡了，小巴。」

巴特雷米蹲低膝蓋，讓自己的頭靠近弟弟的頭。

「明天見，」他在弟弟耳邊輕聲說。「我會幫你帶書來。」

「小心傳染，先生，」護士警告說。

「啊？什麼？他會傳染？」

小巴猛的退開，西蒙微弱的笑了一下。

「不是我，笨蛋，是你！」

西蒙因為血癌的緣故，身體對外在細菌的抵抗力大大降低。

「噢，我的天哪！」小巴呼一口氣，安心道。

「帕瓦會」在隔天早上進行，一一七號房內。莫瓦桑教授和接下來要追蹤西蒙療程的護士、醫生、護理員與西蒙簡單閒聊了一下。

「好，」教授在低調瞥了一眼手錶後說。「來討論你的狀況，西蒙。你得到的是急性淋巴性白血病。你不該被這些字眼嚇到，因為這是我們這邊治療過最多人的血癌類型，而且在我們科，病情緩解率是最高的。不過，你的儲備資源不太多，這會是一個不利的先決條件。」

「你是影射我的身材瘦嗎？這跟我的血癌有關係嗎？還是互相獨立？」西蒙詢問，他講自己的病情有這麼抽離的語氣，讓護理團隊吃了一驚。

「你瘦，這是因為你本來的身體組成就是這樣。但是你不用灰心，很多人儘管瘦，抵抗力還是很強的。」

「絕對沒錯的，」親切的護理員說。「我的文森瘦巴巴的，但是從來沒有生過病呢！連個感冒都沒有。」

「謝謝妳，瑪莉雅，」莫瓦桑僵硬的笑一下，說。「好的，我們都跟喬福瑞討論過了。」

那個年輕有點禿頭的醫生，幫西蒙做穿刺那位，對西蒙點了點頭。

「……而且，我們真心認為你今年能夠去考高中畢業會考。不管怎樣，喬福瑞、伊芙琳、瑪莉雅和我，我們會盡其所能讓你六月中時能下床正常行動。」

西蒙眼睛被淚水模糊視線。他猜著，這些這麼正面的說詞，都沒有提到「康復」。莫瓦桑避開「康復」兩個字。

「小巴等一下會幫我帶書過來，」西蒙回答。「我可以在這裡寫我的作業嗎？」

莫瓦桑和喬福瑞對看一眼。治療過程的副作用，該現在談嗎？

「我是說，在嘔吐和嘔吐之間的空檔，」西蒙補充，微笑著。

莫瓦桑用點頭來表示可以。

「如果你不能活到八十九歲，很可惜的。」

一邊說著這句感想，莫瓦桑一邊握緊西蒙的手。

「我該提早結束今早的拜訪了。」

他將頭轉向喬福瑞。

「我回辦公室跟斐利普的父母見面。」

「啊，是那個復發的可憐孩子。」瑪莉雅插了嘴，一臉明白的樣子。「需要我沖個咖啡給兩位家長嗎？」

教授摀住眼睛，想著有時團隊成員的自動自發令他頭大。

「瑪莉雅，不用了，謝謝。喬福瑞，你跟西蒙解釋詳細的療程？」

「沒問題，」喬福瑞依舊興致勃勃的說。

第一波治療為期六週。

喬福瑞看似很喜歡這些不同藥物的名稱，每個在他眼中都棒極了，長春花的萃取藥物「長春花鹼」是他的最愛。

「這些都是用靜脈注射嗎？」西蒙詢問。

「沒錯，日以繼夜的點滴輸入。今天下午兩點，我們會幫你插管。等你康復了，就可以拔管。」

西蒙笑了。喬福瑞說出這兩個字。他還年輕，他相信。

下午兩點，莫瓦桑教授親自來幫西蒙吊點滴，這個工作通常是交給護士執行的。西蒙看著他把針頭插進手肘內側的靜脈中，再用一個橡皮膠帶固定。針頭後方是一條管子，延伸到一個滿是液體的透明塑膠袋。這個袋子是掛在一個有輪的吊桿，一開始西蒙以為這個吊桿只是個有設計感的吊衣架。

「吊點滴的時候，你還是可以行動。推你前面這個桿子走就可以了。」莫瓦桑指著。「完全可以靠自己行動沒問題。」

西蒙友善的看著那一袋來殺壞細胞的藥物。

「你說這是『長春花鹼』？」他問。

「我們的小長春花兒？沒錯，就是它們。你能看到嗎？」尼可拉回答，換他看向那一袋透明液體。

「我的小妹妹有雙長春花顏色的眼睛。」

「你的大哥也是，」莫瓦桑教授留意到。「他不是今天要幫你帶書來嗎？」

「對，他應該快來了。」

但是他遲遲不來，遲了非常久。下午五點，小巴都還沒來。這比西蒙太陽穴旁的偏頭痛還要不舒服。如果小巴一開始就這樣慢吞吞，那等到治療真的如火如荼時，又會怎樣呢？六點時，這個年輕男子推開一一七號病房的門。

「你看到現在幾點了嗎？」西蒙恨恨的招呼他。

「你知道這有多麻煩嗎？」小巴抱怨著，將兩大箱書放下。

他去見了聖克羅蒂高中的校長菲利普先生。菲利普先生解釋了一大堆學校規定和給他建議。

「他才不管你得什麼血癌呢！他只在乎你有沒有考過高中畢業會考，拿到頂標成績。」

「他說的對，」西蒙平靜的回答。「兩個妹妹怎樣了？你有她們的消息嗎？」

「喔，對！」小巴驚道，疲累的樣子。「超級好消息，摩根一個人在她的小爛房，扶利什麼院那邊，她現在飯也不吃。我打電話給社會局專員，她口氣很差。」

貝娜迪責備他把小摩根給忘了。

「薇妮絲呢，就像我之前預測的，」巴特雷米接著說。「喬瑟安把她給綁架了，不想還。我打給法官，然後呢，依據喬瑟安的說法，薇妮絲受了驚慌，必須做心理諮商。絕對是我的錯，所有一切都是我的錯。這是最基本的問題。」

小巴快崩潰的樣子。他覺得大家都逼他、不了解他、差遣他。

「很高興你叫我照顧你跟照顧你妹妹，只是，我沒有收錢吧？我沒有工作了，我現在在做什麼？拉皮條？」

「不要大叫，小巴，」西蒙痛苦地閉上眼睛，懇求他。

「好，我滾。」

「我沒有這樣說呀，」西蒙話說不清楚，不知道該怎麼辦。

小巴仍舊站著，動也不動，猶豫不決。他的目光落到桿子上。

「這玩意是什麼？」

「點滴。」

西蒙推開棉被，露出手臂內側。小巴看到貼布和伸出來的細管。他臉色刷白。

「收起來，太噁心了。」

「太折騰了，這實在太折騰了，」他嘆氣。

他跌坐在椅子上。

在其中一袋書裡，他抽出一本剛買的雜誌。

「《皮小子斯皮魯》，」西蒙留意到，驚訝於他哥哥讀的是漫畫書。

「《天才家庭福利普涅》賣完了，」小巴回答。「對啦！我是笨蛋！就算你不說，我聽到了。」

他開始讀他的漫畫，嚼著口香糖，專注的神情就跟在讀笛卡兒沒什麼兩樣。

「能幫我拿《方法論》過來嗎？」西蒙悄聲說。

小巴惱怒地吐一口氣，好像自己正在做什麼了不得的正經事一樣。他翻著袋子，把那些作業和講義全部翻亂。

西蒙側躺著，看著他這麼做，心涼半截，卻不說什麼。

「《方》什麼，拿去，這本，這麼沒勁的書名，」小巴留意到。「這本在說什麼？」

「說，方法，」西蒙一邊開著玩笑，一邊試著轉身平躺。

他動到點滴，怕把點滴拔出來了。

「小巴……你可以幫我調整回去嗎？」

「真是的！」小巴抱怨。「要怎樣我才能好好看我的《斯皮魯》！」

他靠近病床，一邊膝蓋靠在床墊上，笨拙地抓著他弟弟的手，拉起來。西蒙弓起身，頭垂下在枕頭上，光是這個動作已經讓他累了。小巴總算看到他拒絕看到的畫面。一個十四歲小男孩生命垂危。他坐在床邊，將額頭靠在弟弟的額頭上。

「我真是糟透了，」他低聲說。「但是我好怕，我真的好怕。你不會生我的氣吧？」

西蒙的情緒滿到回答不出來。接著，兩兄弟在這醫院傍晚的寂靜中各自讀著書。瑪莉雅在晚上六點半帶來了晚餐托盤。蔬菜湯、巴斯克雞肉、焦糖布丁蛋糕。西蒙逼自己吃下，卻感到一陣噁心，他放下餐具。

「不好吃嗎？」小巴問。

西蒙微弱笑了一下，接著轉成苦笑。

「小巴？」

「嗯？」

「我肚子痛。」

大哥沒有反應，西蒙臉白到發青。

「痛，」他悄聲說。

小巴奔到走廊，空無一人。

「來人啊！」他叫著。

沒有人，每一道門都是關的。一一五號房、一一六號房。小巴尖聲喊：

「救命啊！」

一道門開了，是莫瓦桑教授。

「什麼事……啊，是你？」

「不是，是西蒙，」小巴上氣不接下氣的說。「他要死了。」

他自己也不知道怎麼說出了這句話。醫生跑進一一七號房間。西蒙正在嘔吐。吐完後，莫瓦桑對巴特雷米做了個手勢。

「你讓我做了護理員該做的工作，默勒風先生，」他說，假裝生氣的樣子。「如果西蒙有問題，他應該按床頭那個按鈕。必要的時候，他吐的話，在等待護理人員來之前，你可以幫你弟弟拿好嘔吐盆。」

小巴看起來很遺憾的樣子，拒絕這個請求。

「不行，我做不到。」

尼可拉的鼻孔因為怒氣而揪起來。

「你做不到？」他說著，語調不高不低，還控制得住自己。

「對，我做不到。你罵我吧，」小巴說著，聽天由命的樣子。

第九章

你喜歡橄欖抹醬嗎？

沒有西蒙的摩根，就是一個只剩下影子的小女孩。這就是今天早上在學校拿到一張零分的感覺。她在孤兒院的小房間，自己一個人，拿出書包裡的東西。她抓著這張考卷，老師說：「拿給媽媽簽名。」老師不知道摩根已經沒有媽媽了。摩根沒有說出這件事，社會局專員也忘了通知校方。因為，摩根老是被大家遺忘。

「到底是怎樣？」老師怒氣沖沖的問。老師打從心底不太喜歡這個長得不太好看的全班第一名。「你沒有好好上課嗎？你看，雷珊都及格了！」

現在，這張零分要找人簽名。給誰？摩根不知道貝娜迪的電話號碼，也不知道把小妹帶走的喬瑟安在哪裡，西蒙在聖安端醫院。這醫院到底在哪裡？巴特雷米呢？來去自如的風有地址嗎？

於是，摩根有了個念頭，就是她也只能模仿媽媽簽名自己簽了。這可能是偽造文書，但是有其他選擇嗎？她有沒有一個簽名範例？她翻起書包，找到一張媽媽曾寫給老師的信，老師看過後還給她的。信裡寫著：

「請准許我女兒摩根．默勒風，於十月十九日星期二不用上游泳課。因為她得了鼻咽炎，咳嗽不已。感謝。」

信上簽著：「卡特琳．杜福」。摩根讀著這封平凡無奇的，媽媽幫一個感冒小孩寫的信，心跳快停止了。這些字句幾乎像才剛發生，像是昨天，像活著有生命一樣。摩根環顧四周，像是一個剛從夢裡醒來的孩子，眼光回到考卷：零分。「拿給媽媽簽名。」於是，摩根如夢遊般，拿了一支筆，握好，手幾乎一點都不抖，她複製一個簽名。

「哈囉！」

是小巴。摩根快速的收起這張卷子，把自己的羞恥和罪行藏起來。她站起來，雙手合在一起，像是做一個祈求的動作。

「妳是怎麼啦？」小巴問她。他的聲音中帶著自己都沒察覺到的唐突。

「我做了一件壞事，」這孩子承認說。

然後她自胸中爆出一聲大哭。

「妳做了什麼？不要哭啊！」

摩根抽抽噎噎說：「我，我，」就說不出來了。小巴想用書包打她一下。

「我……我考了零分！」

「看看看，」小巴裝出驚嚇的樣子說，「妳已經長得這麼醜，如果再變笨……」

他坐到床上。

「別哭了，」他埋怨，「零分，我怎麼考都是零分，你知道嗎？考零分還不是可以長成個一事無成的大帥哥！」

「這還……還不是最嚴重的……」摩根抽抽噎噎說。

「還有什麼？妳把男朋友閹了，因為他跟妳最好的閨蜜調情？」

摩根搖搖頭，「不是這樣。」小巴一下抓住摩根的手，把她拉向自己。

「過來這邊，小不點。」

他讓她坐在自己腿上。

「來，跟我說，我最愛聽各種壞事了。」

「我簽了。」

「妳簽了？」

「那張零分。」

當下小巴沒明白過來。接著，他笑顏逐開。

「噢，我的天哪！我一直都這樣搞啊。我自己給我的零分簽名，我還把那些記過通知書、成績單、請假單都簽了。在學校我作弊過、對老師撒謊過，還害別的同學代替我做過的壞事被懲罰。」

摩根不哭了，她的犯罪紀錄比起小巴簡直像張白紙。

「那簽名的事不跟西蒙說，可以嗎？」她乞求。

「我再瘋也沒到這個地步，」巴特雷米反駁。「那除了這件事之外，妳一切都好嗎？」

「就，你看看，」摩根一邊指著如牢房的牆壁，一邊說。「有時候，我真希望跟媽媽一起死了就好。」

小巴知道社會局專員還在幫摩根找另外的落腳處，喬瑟安可能會收留她。這樣一來，喬瑟安就多了一些得到監護權的機率。

「來吧，我帶妳走，」小巴決定。他讓摩根站起來。

「去哪？」

「去我家。」

「真的嗎？」

摩根不敢相信。所以說，她沒有搞錯囉？這艘在地平線跳舞的小帆，這個完美無比的大哥哥，這些都是真的嗎？

「等一下，別打包，」小巴提醒她。「我是一個難相處的人，而且昨天不知道怎麼了，我居然做了兩週份的橄欖抹醬。我希望妳喜歡橄欖。」

他把摩根的東西攏成一堆，然後裝了兩個袋子。就這樣，他從頭到尾沒意識到自己做的事情有多嚴重，就把摩根給綁架帶走了。

晚上七點半，監護權法官羅虹絲在辦公室加班，接到社會局專員的電話，貝娜迪嚇傻了。

「小摩根離家出走了！」

「啊，啊，早該知道這種事遲早會發生了！」法官女士驚嘆叫道，氣著自己。「我們都沒有怎麼顧到她！」

「事情一件件來得太快了，」貝娜迪幫忙緩頰。「我已經通知喬瑟安・默勒了，但是聯絡不上巴特雷米。」

那是因為，小巴跟摩根正在一個咖啡廳裡，分著吃一個香蕉船冰淇淋。

「我要去他家一趟，」法官決定。「如果小摩根想找一個地方過一晚，那也是她唯一能找的地方了。」

摩根已經把這邊當自己家了，是她來幫法官開的門。

「妳在這？」法官驚叫。

「我在跟小巴一起打電動，」小女孩得意洋洋的說。「他打蘿拉・卡芙特超強的。」

法官開始懷疑這個年輕男子還有什麼異想天開的念頭。

「哎呀，是羅虹絲小姐。」小巴招呼她，小巴的手沒有放下電動搖桿。「看我這酷斃的跳躍跳得多棒。」

羅虹絲坐到沙發上。

「你又做了什麼好事？」她平心靜氣的問。「為什麼不打電話跟孤兒院說摩根逃到你家了呢？」

「噢，可是她沒有逃出來呀，」小巴安撫她。「是我把她帶出來的，那個孤兒院實在太醜了。」

羅虹絲驚愕的看著他。

「你知道院長報警了嗎？」

「為什麼？」小巴說，他的眼睛終於從螢幕上離開。

「巴特雷米，如果一個小女孩忽然消失，所有人都會很驚嚇、恐慌，每個人都應該要通知警方！」

法官一開始說得平靜，接著發起脾氣來。

「妳說得對。」小巴嫌起來。「我就討罵。我不照顧摩根也要被罵，我照顧摩根也要被罵。」

「為什麼怎麼說你也聽不懂！」法官氣死了。

「我懂，我非常懂。妳想要把監護權判給喬瑟安。」

「這是你根深蒂固的想法，」羅虹絲指出這項事實。「當然囉，我就要把兩個小女孩判給喬瑟安，因為你太不負責任了。」

「妳講話的方式就跟喬瑟安一樣！這是妳們女人家串通好的！」小巴尖聲說。

摩根突然放聲大哭起來，像是警報器準時響起一樣。

「我、我要留在小巴～家！」

法官趕緊衝到摩根身邊安撫她。

「當然哪，小心肝，不要哭。我們會幫薇妮絲跟妳找到最好的辦法。」

「我只喜歡小巴！」

「好，OK，妳愛我愛得瘋狂，」巴特雷米說著，推推她手臂。「但是如果妳不把高音喇叭停下來，我就把妳從窗戶丟出去。」

摩根又抽泣了一兩下。

「妳看到了嗎？我找到讓她停止的方法了，」小巴很得意的說。「要這樣推她。」

「那你呢？要怎麼做才能讓你停下來？」法官問。

小巴一臉認真思考這個問題的樣子。羅虹絲趁機拿起電話，打給貝娜迪。

「我在巴特雷米家。摩根確實逃到他這邊了……」

她為了保護小巴，說了謊。當她跟貝娜迪還在討論時，小巴躡手躡腳的靠近她，在她耳邊輕聲說謝謝，然後在她頸上親一下。不過，他還是付出代價了。隔天，貝娜迪來接摩根去喬瑟安‧默勒風家。眼科醫生答應在她屋簷下讓兩個小女孩相聚。

她很清楚這樣能增加自己得到監護權的機率。

小巴跟摩根分開之後，很快心情平復了。他更有時間積極的找個取代里歐的人。他開出一些擇偶條件，第一個就是「你喜歡橄欖抹醬嗎？」

「你不覺得找個工作可能更好嗎？」愛咪建議他。這一天，內衣業務代表正在出差。

「問題是，我怕一旦開始找，就找到啦，」巴特雷米指出。

「你人生真的什麼也不想做嗎？」鄰居太太擔憂說。

「也不是什麼都不想做，」小巴退一步說。「就別做什麼大事，做個電動玩具測試員，這樣的。」

他思考一下，然後為求謹慎，再說：

「每天工作半天就好。」

愛咪一副愁眉苦臉的樣子，她擔心巴特雷米。

「你這是原地打轉呀，小巴。」

小巴露出一個揶揄的淺笑。他對愛咪的肚子輕輕彈了手指。

「那妳呢？妳的水桶越轉越大啦。他同意了嗎？內衣什麼業務代表先生？」

「**他**還不知道。」

愛咪皺起眉，雙手環抱自己。

「我想要留下這個小孩。」

小巴臉上露出個不妙的表情，完蛋了，她要被打了。

「妳還繼續幫老公做那個美味的湯嗎？」

「噓……」

電話響了，小巴對鄰居太太說：

「是我今晚的約會對象打來了。」

結果是喬瑟安。

「噢！我的天哪！」巴特雷米驚叫。「兩個小的得水痘了嗎？妳要把她們丟過來？」

「她們兩個很好。她們問能不能跟你見面。我跟她們說要打給你問。」

「跟我見面？」

「沒錯，見你，」喬瑟安厭煩的再說一次。「她們說你什麼超級厲害，莎拉、克萊拉、蘿福特……」

小巴爆笑出來。

「蘿拉．卡芙特！」

喬瑟安沒說的是，為了讓她答應，摩根的哭聲響得跟警報器一樣，薇妮絲則是畫了一幅幅的復仇魔鬼。

「晚上六點我把她們送過來，晚餐後接她們回來。」喬瑟安渾然不覺自己用一個大姊的獨裁口吻說這句話。「等等見！」

「但、但是……」

小巴就這樣被掛了電話，他對電話筒發洩。

「今天晚上我有約會！這個女人瘋了！」

「你得取消才行，」愛咪勸他。

「這次是我的真愛，」小巴灰心的回答。「金髮高個兒，瑞典人。或是美國人。不過，我不知道要去哪裡跟他碰面，我聽不懂他說什麼。」

晚上六點，喬瑟安就像軍人一樣準時上門，帶著兩個女孩。薇妮絲奔到小巴懷裡，熱情的說「親一個！」，摩根兩手握在一起，無聲投以仰慕的眼神。喬瑟安從沒感受到這麼不公平。

「愛咪阿姨好！」兩個小女孩在客廳看到鄰居太太，大喊。

喬瑟安不想明白為什麼愛咪出現在這裡，她想盡可能越快走越好。

「我們一起玩？我們一起玩？」薇妮絲要求。

摩根拉拉小巴的袖子。

「你今天有看到西蒙嗎？」

「有啊，他今天超、級、好，」小巴說，學著喬福瑞醫生的振奮樣。「他把所有吃的東西都吐出來了，但是這是好現象。因為藥產生作用了。他死掉病就好了。」

「小巴，」愛咪溫柔的輕聲責備他。

兩個小女孩看著他，張大嘴痛苦的說不出話。

「但是呢，喬福瑞醫生給我一種飲料的名稱，是要去藥房買給西蒙的，」小巴彌補的說。「這是一個可以變成超級強的飲料。是環法自行車賽那些選手作弊喝的。」

薇妮絲很難想像西蒙攀登南法旺圖山的樣子，不過她還是笑了。摩根頭垂得低低的。

「我，」她抬起頭說，「我跟西蒙是離不開對方的。」

她伸出左手，做出這個奇怪的宣告。

「我想看他，」她加上這句。

大家把她死掉的媽媽藏起來了，她想看活生生的西蒙。

「妳會看到他的，」小巴保證。「我得問問喬福瑞醫生。」

對小巴來說，喬福瑞醫生沒有莫瓦桑教授那麼可怕。但是連喬福瑞醫生也未必會接受。年輕的血癌患者禁止會見孩童，怕有被傳染的風險。

晚上七點，小巴的新對象也跟軍人一樣準時，來到門口。這是一個很高的金髮男人，臉上有點痘疤，直挺挺站著。

「哈囉！傑克！」巴特雷米跟他打招呼。「女孩們，這是傑克，我的朋友。」

「神保佑你！」男人用英文說，臉上堆滿笑容。「我叫做邁克。」

「他名字是邁克才對，」摩根稍懂點英文，她提醒說。

「是的，邁克，」年輕男人同意。「我法文不說多。」

「我們留意到了，」小巴說。

男人有一個破舊的皮包包，他拿出色彩繽紛的宣傳單，說：

「神愛咩一個仍。」

「他不煩喔，」小巴說，心想。「到底是在幹嘛？」

邁克發給同桌所有人傳單。愛咪掃了一眼。

「他是摩門教徒，來傳教的。」

「噢，我的天哪！誰來跟他說我已經是了。」

他捶著心臟的位置，一副堅決的樣子。

「我是摩門教徒，大哥，不用麻煩了。」

「所有仍都是兄弟一家仍，」邁克評論說。他看著兩姊妹。「神愛咩一個仍。」

「好，」小巴說。「那你呢？你喜歡橄欖抹醬嗎？」

「你喜歡橄欖抹醬嗎？」摩根用英文翻譯一次。

第十章
這就是付出的意思

西蒙在高三班上不是特別受歡迎的學生，因為不管是在這裡，還是在其他地方，他早熟的樣子讓別人反感。但是自從發現他接二連三的厄運後，同學們就同心協力起來，幫助他在住院時還能夠跟上課業進度。小巴就當個跑腿的幫手，往返於聖克羅蒂高中跟聖安端醫院，他把西蒙在病床上寫好的作業交給老師，然後從學校帶回講義影本和同學們上課抄的筆記。這樣的奔波讓他深信自己死後有資格上天堂了。這一天，高中校長菲利普先生把西蒙的作業改好了，然後親自到班上把作業交給巴特雷米。

這位年紀輕輕的男子現在已經很習慣聖安端醫院的走廊了，當他來到莫瓦桑教授的白血病科時，護士和護理員都跟他打招呼，笑嘻嘻的問他：「還好嗎，小巴？」他走路搖擺的方式和怪僻的舉止一開始讓大家在背後偷偷嘲笑，後來，大家發現他就是勇於做自己的樣子，也就跟他打成一片了。

在一一七號房，西蒙時時刻刻等著他的大哥。晚上，當西蒙痛起來時，與床邊的小夜燈一起等他過來。早上，當西蒙吐完側躺著時，也等著他過來。中午，午餐的托盤端上來，讓西蒙一陣噁心時，西蒙還是等著他過來。下午，通常西蒙稍有力氣能讀點書和寫點作業時，小巴就在旁邊轉著電視。

「我拿改好的作業來給你，」小巴一邊說著，一邊走進來。「壞消息，你哲學只拿了八十五分唷。數學跟物理好一點點，一百分。」

他為弟弟感到驕傲極了，把作業放在小桌上，讓所有護理人員來欣賞。

「你知道嗎？」小巴一邊坐下，一邊開始說。「我交了一個美國男朋友，是個摩門教徒。我覺得我們會結婚，生一大堆摩門小孩。他們在地球上的任務就是繁殖。還有另外一個人也在繁殖中，就是我樓上的鄰居太太。」

巴特雷米在西蒙如此處境之下，還能泰然自若，滔滔不絕把這些無聊小事講一個小時，他是世界上唯一能做這種事的人。有點煩人，又很療癒。

「跟我講妹妹怎麼了吧，」西蒙要求。

「啊！對了！我有個麻煩，」小巴承認道。「我答應讓她們來跟你見面。」

「這是嚴格禁止的，」西蒙可惜的說。

小巴微微噘了嘴。被禁止的事他做過的還不多嗎？

「我要跟喬福瑞醫師說說看。」

小巴逮到一個機會，抓住喬福瑞白袍的領子。年輕醫師喬福瑞努力說服自己這是個玩笑，但是他其實覺得很困擾。

「不行，不行，」他反抗著。「如果兩個小的是五歲和八歲，那就不行。」

「好嘛！當一次好人，」小巴一邊求他，一邊整平他白袍的領子。「只要五分鐘。她們想看看西蒙，看看就好。不要讓莫瓦桑醫師知道，瑪莉雅願意在走廊上看守，莫瓦桑一來，她就吹〈兩隻老虎〉的口哨。她表演給我看過了，她吹得超棒呢。我想要叫她吹〈我爸爸給我介紹老公〉，但是她不知道這首歌。」

喬福瑞把小巴推開，說著：「不行，就是不行。」一臉受不了的樣子。

「五分鐘，就五分鐘，你拒絕不了，對嗎？最好是在晚上六點，巡房結束的時候。謝謝啦，喬福瑞。」

「我沒有說……」

「我再好好報答你喔。如果你喜歡橄欖抹醬，跟我說，我冰箱裡有一大堆凍著唷。」

離開醫院前，小巴頭伸進一一七號房。
「搞定了，」他對弟弟說。
兩個妹妹興奮的來到聖安端醫院，像是來參加一個下午茶生日派對一樣。薇妮絲穿了全身芭比粉紅色，畫了一張圖，上面有三個愛心給西蒙。摩根買了哥哥喜歡的草莓軟糖。小巴先前仔細跟他們解釋說，有一個莫瓦桑醫生，對小女孩過敏，叫她們要好好躲著這個人。於是她們每走三步看到一個白袍男人，就咯咯笑著問：
「是他嗎？是他嗎？」
事實上，小巴不太敢太放肆，因為他打從心底害怕莫瓦桑教授。他有個奇妙的感覺，默勒風一家人的命運好像操縱在這個男人手裡，不過當然了，那是因為他是西蒙的主治醫師。
在走廊上，護理員瑪莉雅和護士伊芙琳等待著兩個小女孩。
「喔，多漂亮的兩個女孩呀！」瑪莉雅看到薇妮絲時驚叫出來。「跟你長得好像！小巴！」
「是呀，小美女一個，」小巴活力十足的回答。「好，瑪莉雅妳留在這裡。

伊芙琳到走廊另外一邊。伊芙琳，妳不會吹〈我爸爸給我介紹老公〉嗎？也沒關係。來吧！女孩們！」

他心臟砰砰跳，把兩個小女孩推進一一七號房後，也趕快進門。薇妮絲跟摩根想要撲上去西蒙身邊，不過小巴早就三令五申「不能親親」，況且，她們一看到西蒙躺在床上的樣子，興致就被硬生生澆熄了。

「為什麼那條管子把你牽著？」薇妮絲驚恐的大叫。

西蒙看了小巴。

「你難道……還沒有跟她們解釋過嗎？」

「解釋什麼？」小巴驚訝問。

小巴之前沒有想到西蒙病懨懨插管的樣子會嚇到兩個小女孩。西蒙很快掌控局面。

「這條管子是讓藥流進來的。這些藥會直接流到我血液裡，因為我的血液生病了。」

「是要洗乾淨你血裡的髒東西嗎？」摩根提問。

「沒錯，」西蒙笑了。「但是清洗的過程總是很累人。」

「所以你才躺著，」薇妮絲作出結論。

儘管如此，她們兩個還是被嚇到了。房間的味道、哥哥骨瘦如柴的樣子，她們籠罩在一股憂傷之中……小巴還留在半掩的門口看守著。

「你不坐嗎？」西蒙問他。西蒙擔心小巴想偷偷溜走。

「不用，不用，我要聽瑪莉雅有沒有在哼〈兩隻老虎〉。」

西蒙看著小巴，不知道這句話什麼意思。

「這是一個暗號，因為你的鄰居先生對小女孩過敏，」薇妮絲解釋給他聽。「瑪莉雅不會哼〈我爸爸給我介紹老公〉，但是我會。小巴，我可以教她嗎？」

「下次。」

西蒙在解讀他哥哥這門藝術上，已經爐火純青了。

「你是不是騙我？你沒有得到允許讓她們兩個來看我？」

「確實沒有，但是西蒙，她們現在在這。我們只剩幾分鐘。女孩們，還有什麼重要的事要對西蒙說嗎？」

「我愛你，三顆愛心！」薇妮絲叫道。

她拿一張蒙面俠蘇洛的畫像給他哥哥。西蒙閉上眼睛。被愛的感覺幾乎會令人心痛。

「西蒙，」另外一個聲音痛苦的說，「我考了零分。」

「噢，摩根，不要說這個！」小巴抗議，「不要回到這個話題好嗎！」

「要，」摩根固執的說。「我考了個零分。」

「哪一科？」西蒙問。

「城堡常識，」摩根回答。

「這一科真的很難，」小巴安慰她說。「我的城堡常識常常都考零分。」

但是摩根等著西蒙的說法。

「妳每一科都要考第一名，」西蒙提醒她說。

「好，」摩根說，她眼睛定定的看著西蒙。

「再也不能任何一科考不及格，聽懂嗎？」

「聽懂了。」

西蒙感覺放下心中大石頭了。小巴卻不是這個情況，他覺得彷彿一直聽到〈兩隻老虎〉的前奏音樂。隨著每分每秒過去，他越來越感到一種不合理的恐懼。

「好了，女孩們，該走了！」

「這麼快！」兩個小女孩大叫。

摩根一向習慣壓抑自己的感受，但這一刻她突然一陣激動，跪了下來親了西蒙的右手。她把西蒙當成她不可或缺的另一半。這一次，小巴清楚的聽到〈兩隻老虎〉的旋律開頭了。按照莫瓦桑教授巡病房的習慣，他有時會在夜晚前再巡最後一趟。糟糕的是，小巴不確定口哨聲到底是從左邊還是右邊傳來，這下他不知道要往哪裡逃。他把門打開一條縫，「噢，我的天哪！」莫瓦桑教授來了。他看起來又疲倦又不開心，他原先把手放在對面的一一八號病房門把上，似乎要走進去，但接著，又改變主意，走到走廊的這一邊，進了一一七號病房。小巴往後退，兩個小妹妹緊貼著他站著。薇妮絲還像隻鴕鳥一樣，把自己的臉埋在大哥的外套裡。

「這是怎麼回事？」莫瓦桑教授問，看起來並不驚訝。

「這是我兩個妹妹，」西蒙回答，他打算把一切責任扛下來。

「這不是很適當，」尼可拉惋惜的說。

他擔心到忘記生氣。他心不在焉的看了摩根一眼，摩根不太雅緻的臉龐上，兩個靈動的黑眼珠熱切的給他一個微笑。他拉開巴特雷米的另外一個小妹，仔細看她，接著忍住想嘆出的一口氣。這個可愛的孩子，這麼可憐，這麼瘦。

「好了，大家出去吧，」他溫柔的說。

小巴只得從命。莫瓦桑讓他越來越敬畏，他像是一個嚴厲父親形象那種男人，微微帶點威脅感，讓人覺得要討他歡心，還要服從他。小巴在走廊上越走越遠，又聽到一個嚴正的聲音叫住他：

「巴特雷米！」

莫瓦桑把一一七號房門關了，走向小巴。

「我要跟你談一談。小孩不要跟來。把她們帶到瑪莉雅那邊，然後到我辦公室來找我。」

一副沒有商討空間的樣子，小巴只得服從。

小巴再一次來到教授的氣派辦公室。桌上的花已經換過了，不過莫瓦桑移開它們的手勢卻是完全一樣。

「我非常擔心西蒙，」他毫不拐彎抹角的開場。「我們的療程已經三週了，卻沒有任何進展。喬福瑞和我決定，要換一種治療方式。」

「啊，是嗎？」小巴說，他的心緊張得顫抖起來。

「是。問題在於西蒙的血小板嚴重不足，而且我們擔心後續會有大量出血的危險，」莫瓦桑繼續說。他的專業用語讓這些痛苦缺少了人性。「這樣的情況下，我們什麼也不能做。」

「啊，不能嗎？」

「不能。」

莫瓦桑戴上眼鏡，就像第一次一樣，彷彿打量著小巴。看起來真的很煩惱的樣子。

「我猜你常常換伴侶？」

「伴侶？」小巴重複這句話，他以為自己在做夢。

「你知道我的意思嗎？」

「我知道，我知道，沒有！沒有！我知道你的意思，我沒有常常……沒有太常……」

小巴尋著莫瓦桑眼裡的認可，莫瓦桑教授與其說是惱怒，不如說是禁不住露出了苦笑。

「這個耳環，你戴多久了？六個月以內嗎？」

「噢，這是我小時候做的蠢事，十六歲時穿的。」

「我不是要你證明什麼，」莫瓦桑回答，他覺得有點好笑。「你沒有得過性病嗎？肝炎呢？你定時做愛滋病篩檢嗎？你不吸毒嗎？」

小巴驚恐的搖頭跟點頭回答。莫瓦桑在心裡的問卷小格子裡一一打勾。

「最近沒有刺青嗎？沒有？最近沒有去熱帶國家旅行嗎？沒有？心有沒有問題？」

「噢，有！」小巴叫出來。

「我說是心臟的問題。」

「那沒有，還沒到這個地步。」小巴更正。

「你知道我為什麼問你這些問題嗎？」

「我需要知道嗎？」

「我問你這些問題，因為西蒙需要輸血小板。所以，我們需要一個捐獻者，一個健康的捐獻者。」

「是嗎？」

「是的。」

小巴的頭腦一旦開始討論稍微嚴肅的問題，就會卡住。像是他的頭腦自己決定什麼也不要聽懂。莫瓦桑教授沒有猜到這位年輕男子會有這種特殊狀況，他仔細解說：

「為了避免若干排斥反應，我們必須要依照受血者與捐血者的吻合程度，來選擇捐血者。如果我去找全國裡面，有捐血小板意願人的檔案，大概要從七萬人之中尋找符合資格的捐血者，但是即便這個人存在的話，也未必願意捐。如果從親屬中找尋吻合捐血者的話，機會就大大提高。你知道為什麼我先來問你了嗎？」

「知道，知道，」小巴像是囈語般，一臉迷茫的樣子。

「如果你的血跟西蒙的吻合，我想，你會願意捐囉？」

小巴做了一個能被解釋為「沒問題」的手勢。

「太好了，很感謝你，」莫瓦桑作了結論，起身。「我帶你去伊芙琳那邊抽血。」

「抽什麼？」

但是尼古拉已經走出去找護士伊芙琳了。

二十四小時之內，小巴的血液就被做了種種檢驗。看起來，小巴既沒感染過皰疹、肝炎，也沒感染過愛滋病。除此之外，彷彿天注定一般，他的血跟西蒙的血完美吻合。莫瓦桑的手插在敞開的白袍口袋裡，趕著跟喬福瑞見面說。

「我們有機會再給西蒙治療了！」他說。

「還是有一個小問題，」一向樂觀的喬福瑞這時壓下莫瓦桑的激動。「就是小巴在抽血時失去意識，看起來，他沒辦法接受看見血液的場面。」

喬福瑞在說小巴時，毫不掩飾對他的蔑視。

莫瓦桑的臉黯淡下來。

「這太愚蠢了，」他低聲說。「他下午兩點會來嗎？」

「那個同性戀？會來。」

尼古拉想再說什麼，但是只是嚥下一大口空氣。

下午兩點，小巴溜進一一七號房，不想撞見莫瓦桑。之前其他日子，西蒙身下墊著枕頭，在房間等他。這一天，他躺下睡著了，兩隻眼睛半閉著。他消瘦的臉龐讓人想到死人面具。小巴驚嚇的衝向門。

「啊！你在這！」

莫瓦桑剛從他身後進門。

「我陪你到輸血中心。就在旁邊。」

小巴開始結結巴巴，話說不出來：「不行，不行，我不行。」但是莫瓦桑牢牢抓著他，讓他來到床尾。

「看看你自己的弟弟，」他說。

他放開小巴，用手肘推他一下。

「你不行嗎？」

莫瓦桑知道自己已經做得有點超過，但是就像法國捐血總處的宣傳單上面寫的：「血小板捐血人必須有更為強烈的意願。」

巴特雷米讓莫瓦桑領著自己走。他這個動輒嘲笑別人想法的人，這下不想教授覺得自己是個沒血沒淚的人。

「但是我會暈倒耶，」他預告教授說。「我是完全沒辦法控制的。」

「我會幫你急救，」莫瓦桑冷血回道。

他們走進一個診間，已經有兩個捐血人坐在沙發上，兩隻手落在扶手上。小巴退了一步，撞在莫瓦桑身上。

「小心，我在這，」尼古拉親切的說。

莫瓦桑把手放在小巴肩上，引領他到一個有靠腳墊的躺椅上。

「我讓他坐這邊，」他對護士說，護士朝小巴走過來，笑吟吟的。

小巴已經感到耳鳴了，他眼前彷彿罩下一片黑幕，針還沒扎下，他已經暈過去了。在半醒半暈的意識中，他躺平在躺椅上，頭和胸被墊高。莫瓦桑幫他脫下外套，幫忙抬起他兩手的手肘以下部位，沒有多強調兩手要同時扎針。

「可以嗎？」他一邊說，一邊輕柔地用手腕力道，把第一個粗大的針頭扎進去。

一聲悶哼回答他。一瞬間，深紅的血液開始流進管內。

尼古拉抬頭，笑笑看向這個他科裡大家喚「小巴」的年輕男子，而小巴目前笑不出來。在他扎下第二針時，不由自主的想到了個壞念頭，他愉快說：

「好啦！準備抽兩個小時，計時開始！」

巴特雷米像是坐上電椅遭電擊一般。

「不要怕，」尼古拉後悔這樣說了。「不會這樣抽你兩個小時的血。這個細胞分離器是用來把血小板從你的血分出來，然後把剩下的血液成分輸回你身上。你看看，從這個管子抽出來，從另一個管子輸回去。中間，就是把你要給西蒙的血小板拿出來。」

「太噁心了，」小巴抱怨。

「我幫你把止血帶拔掉，現在開始是全自動作業了，需要點音樂嗎？我可以借你隨身聽，要幫你蓋條被子嗎？」

小巴兩手被綁著不能動，罩在血液離心機轟隆轟隆的雜音中，感到一股驚慌湧上來。他鼓起僅剩的力氣，想要從躺椅上脫逃。

「唉、唉，別動！」尼古拉一邊命令，一邊按住他的肩膀。

小巴用一個乞求的眼神看他。

「一切會順利的，」莫瓦桑安撫他。「這種抽血方式跟傳統抽血比起來，不會那麼累。來，拿著這顆球，好嗎？如果機器響了，就把球握緊，好嗎？這是為了增加抽血流量。」

「他很蒼白呀，」尼古拉身後的護士留意到。

「他只是激動了點，」莫瓦桑說，同時拍拍年輕男子的臉頰，「但是他會撐下去。他這是為了自己的親弟弟。」

「啊，這樣太好了，」護士欽佩的說。

就在莫瓦桑居高俯視和權威壓迫下，小巴只好裝出英雄哥哥的樣子，儘管他的身體還抵抗著。

第十一章

找個好辦法

「之前的方法不對，就這麼簡單，」莫瓦桑簡潔的聲音說。

他跟喬福瑞在辦公室裡，討論西蒙的療程。先前，他們都同意先不下太重的藥，一方面是因為評估西蒙的整體狀況似乎不太好，另一方面，是因為血癌治癒機率不令人擔憂。於是，莫瓦桑和喬福瑞賭幾週內西蒙病情就可以舒緩，身子也不至於太傷，接著再考慮用低劑量進行一段長時間的鞏固性治療。但是一切並不如預期。癌細胞頑強抵抗化療的攻擊，血小板還被殺死一大半。治療失敗。

「比起兩天前，他好轉多了，」喬福瑞留意到。

輸血對西蒙身體有益，再加上捐血人是小巴，這個動作也給他不少鼓舞。

莫瓦桑之前就留意到，默勒風兄弟間，弟弟對哥哥的強大依戀。因此，他想，如果是小巴捐血給西蒙，雖然有些難度，這個舉動卻能給西蒙帶來很好的心理效果。既然兩個醫生正在列著先前犯的錯誤，喬福瑞又提了：

「讓一個同性戀來捐血還是有些風險的。」

雖然，例行的血液檢查都給小巴做了，但是，無論是愛滋病或肝炎，從感染時間點到能測出病情之前，都有一段間隔期。所以檢查結果並不是百分之百可靠的。

「我們這是緊急狀況，」莫瓦桑反駁說。

他不太高興。可以說是不太高興甚至是不太舒服。

「『同性戀』不等於『沒判斷能力』！」他激動的加上這一句。

喬福瑞揚起眉毛，不習慣莫瓦桑用這種惱怒的語調。

「確實，」他囁嚅的說。

接著，他報告起接下來要給西蒙治療的程序。依照他的用詞，這一次他們可要使出殺手鐧了。問題就在於，不知道到底是白血病還是西蒙會先垮掉呢。報告完，喬福瑞等待著老闆的指示。

莫瓦桑從來沒有這麼苦惱過。他明白自己對某些小病人的情感會有損判斷力。他怕給他們太痛苦的治療。目前為止，西蒙還挺得住，還能繼續學業、堅持目標。一想到要加重治療，無疑是掏空這個聰明伶俐的西蒙，讓他只剩不成人形的身軀，痛苦癱在病床上。莫瓦桑皺著眉頭。

「做吧，」他說。

當喬福瑞出去後，尼可拉讓自己深陷在皮椅裡，他想要好好思考這默勒風家的孩子們，緊密的兄妹親情，和命運最無情的捉弄。西蒙。他必須去考畢業會考。這件事對莫瓦桑來說也變重要了，他必須帶他一路走向這個勝利。但之後呢？之後……尼可拉知道有些勝利是不能談論明天的，然後，他眼前又浮現兩個小女孩緊抱著巴特雷米的畫面，他有一股想要保護她們的欲望。摩根，八歲，三年級。西蒙跟他提過這個緊追他腳步的妹妹。薇妮絲，五歲，長春花顏色的眼睛。是那種在路上會讓人回頭看一眼的女孩，跟巴特雷米外表一樣明豔動人……一想到小巴，莫瓦桑移動了花束，繼續忙其他事去了。

小巴恢復得很好。輸完血之後，雖然他只花了四十八小時就恢復狀態了，還是心有餘悸。不過，他沒有生莫瓦桑教授的氣。如果這樣能幫到西蒙，他甚至開心自己被逼這一下。他已經好多了，今晚，他等著跟新對象見面。

「跟摩門教那個人結束了嗎？」愛咪問道，小巴的感情世界引起她最大的興趣。

「傳教失敗，」小巴回答。「但我找到更好的。我跟發明電子雞的日本人要去看表演。」

「你確定嗎？」愛咪懷疑的問。「你會說日文？」

「不會，但是我會玩電子雞，多少有幫助吧。愛咪，」小巴觀察著愛咪，若有所思的說，「這感覺不像一個已婚女人會問的問題。」

他充滿溫情的看著這位樓上鄰居太太。

「妳後來給寶寶怎麼了？」他柔聲問她。

「我……我還是把他留下來了！噢，我知道，現在還看不太出來，我盡量少吃點。」

「妳打算絕食抗議七個月？」

年輕太太垂下臉，如果她說出來，**他**會打她。如果她不說出來，**他**會殺了她。如果她逃走，**他**會把她找回來。

「我沒有辦法了。」

「四顆藥？」小巴建議。

「噓。」

這個對話結束後兩天，小巴越來越不開心，不是因為電子雞的發明人。是因為西蒙。新的治療開始了，每當小巴從醫院回家後，弟弟的哀求聲都猶在耳際。「我不行了，小巴。我受不了了。我不舒服。叫他們停吧。我還是死好了。我全身在燒。是火在燒。小巴，他們要把我毀了。看看我的頭髮，掉不停。我變得好可怕。可憐我，小巴，跟他們說。」小巴回到家，倒在床上，雙手摀住耳朵，他不斷聽見那些叫聲。「放過我，小巴……」

「放過我吧！不要！住手！」

小巴坐起身，是愛咪。在樓上，這是星期三**他**固定發作的日子，**他**一定是猜到小寶寶的事了。**他**一定是打她肚子了。小巴很確定。小巴從床上起身，離開房間。在他頭頂，哄鬧的聲音傳下來。她試著逃，在飯廳繞著桌子跑。不同的金屬撞擊聲音，和玻璃破碎的聲音，**他**在桌上抓到什麼就往她身上砸。

「這樣下去不行，」小巴自言自語說。

他不能繼續待在自己的小世界裡，用玩世不恭的玩笑和自掃門前雪的心態保護自己了。這些外界的紛擾好像也擊中了他，三個弟妹在他的心上打開一道縫，讓旁人的苦痛也滲進他的心裡。**他**會抓住她的頭髮、把她摔到地上、殺死寶寶。

「可憐可憐我們！誰來幫我！」

她從來沒有喊得那麼大聲過。通常，羞恥的感覺讓她把所有哀求聲都吞進肚子裡。

「小巴！小巴！」

他在做夢嗎？不是，愛咪真的在叫他。他打開工具箱，全新的，他用都沒用過的工具箱，拿出一個巨大的螺絲起子，爬上樓。先是按門鈴，長按不止，沒人應門。於是，他撞門。小巴的言行舉止雖然嬌氣，身材卻是健壯運動型。他把身體支撐在樓梯扶手上，用腳大踹兩下門。他正準備要用螺絲起子撬開門時，聽到門裡傳來鎖轉開的聲音。**他**開門了。小巴從來沒有近距離看過**他**。這是個四十多歲，有個啤酒肚的男人，兩隻眼睛瞪大大的，怒氣沖沖，讓他看起來不那麼平凡。他的酒糟鼻和怒氣讓他滿臉通紅。

「小心！小巴！」房間深處傳來一個大喊的聲音。「他有刀！」

這個男人回頭朝著愛咪。

「這就是妳外面的人，是嗎？啊？」他尖聲說。

他邁出一步，走向她。這時，小巴看到他手上拿的是什麼：一把巨大的餐刀，不知道究竟是餐刀還是剁刀？趁這個男人在前後兩個目標遲疑之間時，小巴閃進門，但是這個男人突然一個大轉身，手上的刀直直威脅著小巴。

「先殺了你，我再殺她，然後我再把她肚子給剖了。」

他以為自己被戴綠帽了，被害妄想讓他在發狂的狀態中，火上加油。小巴抓起一把椅子當作掩護，那個男人手持刀揮來，一下，兩下。小巴看似被打中，卻是保持在一個防衛的姿勢，只不過他不知道要怎麼逆轉局勢。受傷的愛咪緊靠牆角，一手放在肚子上，已經嚇得動彈不得。那個男人抓起另外一把椅子，朝小巴當掩護的椅子丟過來。驚嚇的小巴放開了手上的椅子，那個男人狂野的笑出來。不會打架的小巴，此時手上只剩下那個螺絲起子，他用盡全身的力量把螺絲起子丟到對方臉上。那個男人踉蹌一下，小巴趁著這個機會，聚精會神，正要把桌上的湯碗朝對方丟過去。他就老是這樣對待愛咪的。突然間，那個男人奇怪的放下打鬥姿態，手放在胸上，他眼睛瞪得更大了，他呼吸不過來。那個湯碗直直打上他的臉，他倒下去。

「噢，我的天哪！」小巴驚叫出來，緊緊抓住最後一把沒動過的椅子。

那個男人躺臥在一片打鬥過的杯盤狼藉之中。額頭上汩汩流出血來，跟還熱的湯混在一起。小巴蹣跚的接近他，用腳踢開他丟下的刀子，接著，不太願意的蹲下來。那個男人一動也不動，嘴巴跟眼睛都張大。

「他倒了，」小巴結結巴巴的說，像是在說服自己一樣。

他輕輕的捏一下男人的袖子，抬起他的手，再讓他倒下，這個男人全身已經鬆弛了。

「叫救護車吧，」他對愛咪說。

年輕太太害怕的從牆角起身，兩隻手仍放在肚子上。她避免看向倒地的丈夫，扶著家具、扶著牆，一路到電話旁。小巴也刻意離她遠遠的，他放下那個男人的遺體，拿起桌上的兩個湯盤。不知道愛咪是否有依照他的配方加了鎮靜劑？他把兩個湯盤用水沖一沖。

救護車來時，醫生診斷男人已經死了。

「我丟了一個湯盤到他臉上，」小巴趕緊道歉。

不過，醫生知道這個男人在湯盤砸上之前，心臟就已經停了。醫生只是輕聲說：「那大概滿痛的。」

接著，醫生診斷側臥一旁的愛咪。是小巴扶著她躺在旁邊的。

「她懷孕了，」小巴說。他不知道該怎麼說她的狀態，是「懷孕了」，還是

「懷過孕」。

醫生點點頭，不是很樂觀的樣子。

「要讓她立刻住院。」

兩個護士幫著愛咪起身，扶她下樓直到救護車上。醫生在離開公寓前，看了一眼這個亂糟糟的打過架的場地，又看了一眼旁邊這個看起來像是扮演藍波的奇怪男子。

「必須報警，」他指著屍體說。

「沒問題，」小巴說，他放鬆的深吸一口氣，卻不是因為當下處境。

警察審問了小巴，他的證詞跟愛咪相符，愛咪則是在醫院的病床上被審問。醫生簽發了火化許可證，這位內衣業務代表就這樣離開人世了，留下的內衣庫存比得到的哀悼還多。

小巴回到鄰居太太的公寓，想稍微整理一下。他把摔爛的椅子丟了，把桌下的杯碗碎片撿起來，因為這樣割傷了手。

「啊，討厭，」他看到血噴出來，生氣的說。

他進了浴室，打開藥櫃，拿一個貼布，這時，一盒藥掉到水槽裡。是他給愛咪的一盒鎮靜劑。一股寒意竄上他身體。他拿起那盒藥，拿出裡面的三排藥，驚訝了一下。一顆藥都沒有少。

「愛咪呀！愛咪！」他低聲說。放心了。

他的生活各方壓力正在好轉。不是非常大的進展，卻多少有那麼一點。在醫院，西蒙的病情好些了。這一天下午，他能靠在枕頭上坐起來，還能喝上半杯維他命飲料。三月的陽光照進窗內，小巴帶來幾枝花，一疊薇妮絲畫的畫，還有摩根最近的一本作業本。只有一個九十分，其他都是一百分。小巴通知老師摩根的媽媽死掉之後，老師把摩根城堡常識的零分給通融不計了。

「所以呢，你妹妹依然是全班第一名，排在雷珊前面咧！怎樣？我們家是不是可以鬆口氣啦？」

小巴說著，從愛咪保住孩子了，講到他的日本男人。其實是個越南人，他跟其他十七位表兄弟姊妹都在一間成衣品牌工作。西蒙聽著，想每字每句聽進去，又被過多的資訊給擠得頭昏腦脹。他不時放鬆的長哼一聲，彷彿是舒服的意味。

「這次，醫生找到對的治療方式了，是這樣嗎？」小巴畏畏縮縮的問道。

他不太跟西蒙討論病情。他太害怕自己表現出僅有的一點希望。除此之外，他也不太敢看西蒙。他總是想到里歐預測過的集中營畫面。就是現在這個場面，頭光禿禿的、頸子像雞一樣凹陷下去、皮膚蠟黃、皮包骨、肩頭像小老人一樣縮著。在這一片貧瘠的沙漠中，只剩兩顆眼睛，顯得越來越大顆，像是說這裡面的聰慧心靈不願意就這樣死去。

「我該趕點課業進度了，」西蒙說。「明天開始念書。」

明天，不是今天。今天是個虛弱的一天，但卻彷彿是個好日子。在病院的長廊中，有幾個窗戶，兩兄弟手肘倚著窗台，享受當下的天光。

「扣、扣！不好意思，不好意思，打擾啦！」護士一邊進門一邊說。她專業的好心情讓兩兄弟皺起臉來。

「我來帶你去做穿刺，西蒙。」

「噢，不要，」西蒙洩氣的說。

「但是，排好了是下午三點呀，」伊芙琳提醒說。這是例行的穿刺檢查。

「我們知道妳就是跟那些針站在同一國的啦！」巴特雷米對她喊著。

「小巴，不要生氣，」西蒙低聲說，他一下失去力氣。

一個想法突然閃過小巴腦袋。

「我陪你。」

「抱歉，」伊芙琳說。「不行。」

「行，我要去問喬福瑞。你想我陪你嗎？西蒙？」

在小巴面前，盯著他的不是一個十四歲的青少年，而是一個不想再受苦的孩子。西蒙不需多說，小巴出去找喬福瑞了。他在走廊上把他攔截下來。

「喬福瑞，當一次好人嘛……」

他抓住他白袍的領子。

「又怎麼了？」年輕醫生生氣起來。

「我想要陪西蒙做穿刺，他受夠了，你明白嗎？如果我在旁邊，會讓他好一點。」

喬福瑞搖頭表示不行，然後猛力掙脫小巴的手。他感覺這個傢伙不把他放在眼裡。

「好嘛，不要這樣，」小巴求著，感到喪氣。

「怎麼了？」一個聲音從走廊轉角傳來。

莫瓦桑教授走近兩個年輕人身邊。

「沒事，沒什麼，」巴特雷米一言不發。

尼可拉用眼神詢問下屬。

「他想要陪他弟弟做穿刺，」喬福瑞用頭比了一下小巴的方向。
「是嗎？那有什麼問題嗎？」莫瓦桑說。
喬福瑞明白自己只能離開現場。小巴在這裡想做什麼都行。
「那好啊！行，」他窘迫的說，「我們在旁邊看著，要小巴親自幫他做穿刺也行！」
於是，巴特雷米陪著弟弟，做穿刺前的準備時，就在旁邊開些玩笑，在針穿進骨頭時，他把手放在弟弟的頭上，光溜溜的頭。西蒙沒有叫出來，小巴沒有暈倒。對兩人來說，都像是某種勝利。
隔天，小巴走進聖安端醫院，腳步比往常都還要輕盈。他剛去學校一趟，拿了幾張最近的考卷、幾份講義，還跟校長說：「對呀，好多了。」現在，他迫不及待去一一七號房。他進門了。西蒙正在吐，瑪莉雅扶著他。平常的時候，小巴會出來到走廊等，但是今天，他想讓弟弟知道他能撐得住。
「就算醫院的餐點難吃死了，也沒有到這個程度吧！」他試著開玩笑。玩笑失敗。瘦弱的西蒙身體突然大力一震，他吐出膽汁來了。小巴無法控制自己轉過身去。
「會過去的，會過去的，」瑪莉雅重複著。

「好痛，好痛，」西蒙唉著。

對小巴來說太難承受了。他崩潰了。他離開房間，關上門，額頭倚著牆，流起淚來。

「很難受，我知道，」一個聲音在他身邊響起。

「我受不了了，」小巴啜泣著，哭得像摩根一樣。

「保持信心，」莫瓦桑又說。「最近幾次做的檢查結果是很樂觀的，也是因為這樣，喬福瑞和我，決定再加重劑量。需要一擊致勝。」

小巴搖著頭，他不相信。但是他留意到尼古拉放了一隻手在他的左肩上，另一隻手放在他右肩上。接著，一邊說，一邊揉著他的肩胛骨。

「苦日子還要持續個幾天，西蒙會徹底垮在床上，但我們會幫他輸血。噢，不是，我們這次不用拿你的血小板。」

他大笑一下。小巴恢復心情。

「西蒙沒有鬥志了，要靠你鼓勵他。要有信心。一定要有信心。這是唯一的辦法。」

他又拍了巴特雷米的背幾下，安撫他。

「好啦，」他說。像是剛剛治療完小巴。「去花園繞一圈，確定你不會再垂頭喪氣時，再回來。」

尼古拉遲疑一下，然後用病院同事一致的暱稱方式叫他。

「加油……小巴。」

年輕男子又嗚咽一聲，表示贊同，然後離開了。他在走廊尾端，夢遊般的站了一會兒。再回來的時候，莫瓦桑已經不在那了。

第十二章

小巴希望停止療程

「妳覺得呢？沒有其他方法了嗎？」羅虹絲問。

社會局專員貝娜迪在監護權法官的辦公室裡。再一次，她們致力處理默勒風兄妹的案件。

「我覺得這是最好的方法，」貝娜迪說。「喬瑟安也已經照顧起兩個妹妹了。」

喬瑟安要求兩個妹妹的監護權和親權。不管是她，還是社會局專員貝娜迪，好像都沒有把西蒙考慮進去，似乎當西蒙快要死掉，不再需要打算一樣。

「這樣不是很公平，」羅虹絲認為。

「什麼？」

「巴特雷米也要求默勒風兄妹的監護權。他比喬瑟安更有立場，而且，據莫瓦桑教授的說法，他對弟弟的表現簡直是無可批評。」

雖然令人驚訝，不過就是如此。

「是呀，當然了，」貝娜迪如此回答，卻不太有信心。「但是畢竟，其他兩個是小女孩，但巴特雷米的情況……」

羅虹絲不知是沒聽懂或是假裝沒聽懂。

「小巴狀況不太穩定，但是他在一間咖啡廳找到了工作，半天班的。」

「我說的不是這個，」貝娜迪說。

這兩位女士先前還不敢談論巴特雷米的問題。不是因為不好意思，而是為了謹慎起見。畢竟兩人不知道對方對這個議題的感受。

「妳應該留意到默勒風先生是個，同，同性戀？」貝娜迪進一步說。

「大概吧，沒錯……」

兩位年輕女人俏皮的笑出來。

「當然啦，有了伴侶法，」貝娜迪為了表現出自己大度的精神，繼續說，「我們總有一天會認可同性伴侶跟其他人有一樣的權利……但是，小巴，總之，默勒風先生，不像是定下來的人。問題在這邊。根據兩個妹妹的說法，他的對象有一天是摩門教徒，隔天就是個中國人。」

「確實，這樣的氣氛不是非常……」

羅虹絲話沒說完。她不想要驟下斷論，然而，她也該考量孩子的利益。唯有喬瑟安和她的丈夫可以提供一個家庭架構。

「好吧，」她說。「我試著說服巴特雷米把兩個妹妹的監護權和親權讓給喬瑟安。至於西蒙，我們之後再討論。」

不過，兩位公親事主小女孩也有自己的意見。摩根和薇妮絲有兩個哥哥，她們一天到晚都問什麼時候可以看到哥哥。喬瑟安為了安撫她們，答應下週三帶她們兩個去小巴家。她打算早上八點把她們帶到小巴家樓下，晚上七點，還是在樓下，把她們接回來，這樣就避免跟小巴見到面。直到星期二為止，喬瑟安都還希望兩個小的不記得這個諾言，或是已經改變心意了。然而，星期二晚上，摩根問了喬瑟安：

「所以，妳通知小巴了嗎？」

「我會跟他說的，」年輕女人微慍的回答。「但是，妳們明天不去小巴家的話，可以去動物園呀？妳們要去小巴家幹嘛？在他家晃來晃去空轉，打電動打到頭暈？」

摩根臉色僵硬，一句話也不答。

「小巴不知道怎麼照顧小孩，」喬瑟安堅持說。

薇妮絲一邊畫畫，一邊抬起臉，靜靜的回答：

「沒關係，我們抱抱就好。」

確實這不是喬瑟安喜歡的動作。儘管如此，她還是在晚餐後打給弟弟，不容拒絕的給他一個時間。

「蛤？但是我下午沒空照顧她們呀！」

「我呢，就只能晚上七點來接她們，你也知道我有工作吧？」

小巴聽出來話裡影射他無所事事，然後就被掛了電話。他對著電話說：

「人真好，這個女的。」

每天下午，小巴都要去醫院，他也知道不能再偷帶兩個妹妹去醫院了，只剩下一個方法可以解決這兩個小鬼頭。

「哈囉，愛咪！」

「噢，小巴！」

她在年輕男子的兩頰上各親一下。她的臉頰上還剩幾道瘀青，這是她丈夫在這人世間留下最後的痕跡了。

「小寶寶好嗎？」小巴說著，手放在鄰居太太的肚子上。

「都很好。超音波照片很漂亮！你應該要來看的。」

「我等寶寶出生寄邀請卡給我。」

小巴抓起愛咪襯衫領口。她笑了，猜說：

「你要找我幫個忙是吧……？」

隔天，默勒風家兩位小少女準時被帶來樓下，她們爬上樓的力道像象群經過，雙雙跳起來按門鈴的雀躍像兩隻青春的袋鼠，接著衝進大哥懷裡的熱情就像瘋狂示好的小狗兒。

「哈囉！兩隻來了！」小巴迎接她們。

早上時光相當平靜的度過了，而且就像喬瑟安預想的一樣。兩個小女孩吃了一堆糖，然後玩起電動玩具。接著，小巴拿出一疊漫畫給摩根看，薇妮絲則從背包裡拿出她的寶物。

「妳又帶了什麼恐怖的東西來給我們？」巴特雷米問道。

「芭比、芭比和芭比。」薇妮絲數著，展示她的玩偶。「肯尼，你要一起玩嗎？」

小巴盤腿坐到小妹旁邊。

「爸爸以前也都跟我一起玩，」小女孩說。

小巴從喉嚨深處擠出一個「嗯」。

「我的爸爸，也是你的爸爸嗎？」

「對，」小巴不太感興趣的回答。

「是因為這樣我們才一樣。」

小巴以為薇妮絲是指藍色的眼睛，來自喬治．默勒風的遺傳。但是薇妮絲撩起自己的金髮。

「你看，我就跟你一樣搞gay。」

小巴跳起來。

「什麼？」

「沒看到嗎？我也有『耳玩』，我也有喔。」

「噢，我的天哪！」

他先是嚇呆了，接著爆笑出來，連續說了好幾聲：「太妙了！太妙了！」

薇妮絲猜到哥哥說的是她，跟著一起說：「太妙了！太妙了！」還用玩偶在他手臂上捶幾下。小巴假裝被打倒了。薇妮絲躺到他旁邊，開始搔他癢。摩根跳進來幫忙。

「我拉住他的手！」她大叫。「搔他癢！搔他癢！」

「救命啊，來幫我！愛咪！」小巴叫著，笑到喘不過氣來。

他拉住摩根的腳，讓她倒在薇妮絲身上。默勒風三兄妹都躺在地上，一起笑不停。

「西蒙也在這就好了，」薇妮絲突然想到這個，說出來。

摩根用眼神詢問哥哥。

「下一次吧，」小巴低聲說。

「我們立個誓言？」薇妮絲提議。

「什麼意思？」巴特雷米擔心的問。

「我們來教你，」摩根說。「你的手握拳，像這樣。」

小巴手握成拳。摩根把自己的拳頭疊上去，薇妮絲也把自己的拳頭疊到最上面，說：「默勒風一家誓死不分離。」

她抽出自己的拳頭。

「喜歡嗎？」

「帥斃了，這什麼意思？」

「意思是說沒有人可以把我們分開，」摩根解釋說。

小巴想著，監護權法官會不會覺得立這種誓言不太好。默勒風兄妹已經被分開了，也還會繼續分開。摩根繼續讀自己的書，薇妮絲脫起肯尼的衣服。

「如果，」她對小巴說，「你可以送我一個禮物就好了。」

「又來了！為什麼我要送妳一個禮物？」

「因為你愛我呀，」小女孩一邊說，一邊綻開個溫柔不害臊的微笑。

「女孩子們都是這套邏輯，」小巴不屑的反駁說。「妳想要什麼禮物？」

「一個肯尼。」

「哎呀，不行，我已經買一個給妳了呀。」

「對呀，可是他好可憐，」薇妮絲抱怨說。「他沒有老公。」

小巴驚訝得說不出話來，連他最愛的那句驚嘆語都還沒說出來。

「你知道我想幫肯尼找到哪一種老公嗎？」薇妮絲一臉陶醉的樣子，又說。

「白馬王子。」

小巴用心的注視著薇妮絲，最後承認：

「我也想找一個，真的。」

「但是要喜歡小孩子才行，」摩根建議說，因為她還記得里歐有多可怕。

「我要貼個小告示：『徵求白馬王子，需喜歡麻煩的小女孩』，」小巴說。而且我要貼在莫瓦桑教授的辦公室裡面。但是這句，小巴沒說出口。

況且，莫瓦桑教授閃避他好幾天了。他站遠遠的，朝他揮個手致意，也不往他這邊走過來，反而是走掉了。小巴自問到底是怎麼回事。但是要解釋呢，也很簡單：尼古拉不想跟西蒙的哥哥討論病情。他知道新的治療方式像是賭俄羅斯輪盤。既然西蒙陷入劇烈的痛楚，於是，尼古拉跟喬福瑞有共識的幫西蒙增加嗎啡的劑量。嗎啡用點滴日以繼夜的注入西蒙的身體裡，讓西蒙一天到晚都昏沉沉的，不時陷入無止境的睡眠深淵。西蒙也吃不進任何食物了，只能靠營養液輸入。當小巴闔上二一七號病房的門時，那寂靜讓他感覺如走進了墓穴。

這個週三，又一個跟妹妹充滿歡笑的時光，小巴期待西蒙能有一兩個清醒的時刻，讓他可以模仿一兩下摩根和薇妮絲的樣子給他看。但是下午時光一刻一刻流逝，像是沙漏裡的沙一粒一粒墜下，西蒙的眼皮翻也沒翻開，好無情。伊芙琳進來換點滴袋，點滴一滴一滴的滴下，輸入身體。

「沒用的，」小巴陰鬱的對護士伊芙琳說。

她把手放在小巴肩頭上，一句話也沒回答。夜幕降臨醫院的庭院，訪客時間已經結束。小巴很明白就算回家看到兩個小妹妹，心情也無法被安慰。幫忙照顧兩個小孩的愛咪，即將把她們交給喬瑟安接回去。小巴留在這，等待著一分鐘，就只要恩典降臨的一分鐘就好。他坐在那張唯一的沙發上，坐到腳都麻了。他起身，坐到床緣，看著西蒙平靜的呼吸，放鬆的表情。小巴握住他的手，是冰的，這一陣冷籠罩小巴全身。「他正在死去，」小巴想。

「我的弟弟，」他喃喃說。

這個生命送他的禮物也太滑稽了，這場兄弟情分像是端到他面前一下子，又馬上從眼前撤走。打從一開始，甚至在他出生之前，他就已經失去這一切了。

「就這樣子吧，」他說著，把西蒙的手放回去。

他充滿悲傷的起身，離開醫院，一路往能把自己忘記的地方去，他在城市裡晃著、喝酒、跳舞、調情。隔天早上，他把昨夜帶回家的男子趕出門，接著比往常更嚴謹的著裝起來，他打算去聖克羅蒂中學跟校長說，西蒙再也不需要任何的筆記跟講義了。

菲利普先生聽了這個消息大受打擊，是這個校長發掘他學校裡天才的西蒙，並冒著風險讓他跳級插班。巴特雷米來學校通知他西蒙住院那一次，校長有點驚訝這個年輕男子的「性別」，但後來就習慣了，也把他當朋友看待。

「你確定嗎？」他問小巴。「完全沒有任何希望了嗎？」

「他連話都不能講了，」小巴盡量忍住自己的眼淚，話說得不清楚。

「他的同學幫他整理了一整個資料夾，好讓他複習歷史課，做得很好呢。」

校長嘆口氣。

校長很少見到同學間這麼義無反顧的團結一心，他為小巴、為西蒙、為這邊所有年輕的孩子感到不捨。小巴抬起頭，有一個想法。

「我想要謝謝他們。」

小巴從來都只在利用完別人之後隨手丟棄，就像今早那個男子，但他此刻想說「謝謝」。校長一開始用擔心的眼神看了小巴，但馬上就後悔自己有所遲疑了。

「來吧，」他說。「他們正在上哲學課。」

這個太美麗的男子一走進高三課堂，掀起一陣鼓譟。小巴開始講話時，有幾個男同學嘴角露出嘲諷的笑容，不過馬上消失了。

「我是西蒙的哥哥，」小巴開始說。「我想要以他的名義謝謝你們大家，謝謝你們為他幫的忙。」

小巴不習慣這種公眾發言的場合，所以他概略的總結：

「但是，他撐不下去了……我的意思是說，西蒙大概無法念下去了，準備畢業考，所以……」

他的講話內容分崩離析。

「我希望你們都順利考得好，那……可是，考試那天，你們大家想著他，好嗎？」

每個人，每個男同學和女同學，都被這情緒給愣住了。

「我們也會想著你，」哲學老師跟小巴說。

年輕男子幾乎是用跑的離開學校，一路跑回他家。他躺在床上，睡著，一路睡了十五個小時。

按照往常，此時他應該在一一七號病房，但他現在不知道自己去能做什麼，反正西蒙要不是死了就是快死了。他逼自己喝杯咖啡，套上一件乾淨的襯衫，慢吞吞的前往聖安端醫院。他經過那些可憐無助的病童家長，小斐利普的爸媽身邊。他們互看一眼，完全不需要問什麼新情況。小巴推開一一七號房門。

「你為什麼這麼晚來？」

小巴嚇到差點驚叫出聲。西蒙復活了。

「你不是死了嗎？」他吞吞吐吐地，有點笨拙的問道。

「你希望我死嗎？」西蒙一字一頓的回答。

他的雙眼有熱度的閃耀著，聰慧的火焰又燃起來了。

「嗎啡的劑量調降下來了，」西蒙解釋。「我覺得他們應該把療程結束了。」

昨天晚上，就在巴特雷米離開後，喬福瑞跟莫瓦桑決定暫停化療。只留下營養劑和幾種止痛藥繼續用點滴輸入。

「你幫我帶了最新的講義嗎？」西蒙問。

小巴搖搖頭，根本措手不及。

「這個嘛，沒有耶，我放棄了。」

他根本沒準備好開心起來。發生這麼多事情，他的心神早已飄到很遠的地方，一切都還在拉回來的路上。他身後的門打開了，是護理員瑪莉雅。

「誰要來喝點花草茶呀？」她熱誠的問道。「我放了兩片餅乾可以配。」是椴花茶和兩片手指餅乾。小巴看著西蒙膝上的餐盤托，像是看著這世上最神奇的事物。

「他要把這些都吃下去？」他驚呆著問。

「沒那麼快！頂多吃一半吧……」

不過，西蒙吃掉一整塊餅乾，另外一塊也吃下去了，眼睛都笑著。小巴坐下，心情平穩些了。

「我要睡了，」西蒙說，虛弱的推開餐盤托。

從這一刻開始，小巴數著時間，一分分，接著是一刻刻，他等著西蒙痛苦呻吟著、叫人、吐著、哭到全身沒力氣。但是沒有，他睡著了。小巴就像昨天坐在床邊那樣，握著他的手。手是熱的，太熱了。西蒙發燒了。門又開了，是喬福瑞。

「他發燒了，」小巴站起身，通報這件事。

喬福瑞臉微皺一下，把手放在西蒙額頭上。

「剛剛的狀況好過頭了，」他說著，心情又上又下。

他沒有多做解釋，離開病房。巴特雷米一句話不說靠在牆上，看到護士、醫生、護理員進進出出，量體溫。三十九點五度，抽血。驗尿。換點滴袋。抗生素。大家都忘了巴特雷米。他獨自一人走下樓，到醫院的庭院。要相信。不相信了。還要相信。又不相信了。這麼殘酷的來回空轉！小巴胸中冒起一股暴躁。不要治療了！一切都停下來吧！他們有什麼權利這樣折磨西蒙？

「你想出去待一下嗎？」伊芙琳用工作口氣問他。

在走廊上，小巴看到小斐利普的爸媽抱著一起哭。那股暴躁在小巴心中大喊。誰來丟一個炸彈下來，大家都不要活了。在樓梯間，一個男人走上來，白袍敞開，雙手插在口袋裡。莫瓦桑。小巴想罵他一聲。尼古拉看到他，微笑。

「怎樣，好些嗎？」

「什麼？」小巴吐出這兩字，像是有人在他胃上重搥一下。

「西蒙……你沒留意到嗎？」尼古拉驚訝說。「我們停止化療了，他的反應非常好，最新的報告數據非常好。」

「但是他燒到超過三十九度！」小巴大叫。「每次一個結束，就又來另一個。你的藥爛死了！」

「喬福瑞剛剛跟我報告了，」莫瓦桑冷淡的回答。「大概是尿道感染。我們之前經歷的比這個更嚴重多了，你很清楚。」

他們跟西蒙一起走過最驚險的時刻，莫瓦桑曾因此夜不成眠。一切換來這個腦殘小子的大吼大叫。他的手埋進手袋更深，走遠了，看起來前所未有的不悅。

第十三章

為了不要給默勒風一家觸楣頭，這一章不存在

第十四章

見風使舵，不再迷航

地平線的方向出現亮光。

「這次的治療下對了，」喬福瑞得意的說。

這次兩個醫生開會的時候，莫瓦桑沒回話。他想著這一路走來的每天每夜。太傻了，他不能這樣，每次病患病情危急時都這樣焦頭爛額。

「燒全退了嗎？」他問。

「今天早上三十七度一，情況在控制中。」

「需要輸血嗎？」

「不需要。白血球回升了，目前還有點貧血，能進食了。」

西蒙不再噁心或嘔吐了。畢竟消化的問題不是來自白血病，而是化療造成的。小巴開心的看著弟弟抓著點滴吊桿，在走廊上走著。小巴今天早早來看弟弟吃午餐，訪客時間結束後，他還留下來看他吃晚餐。只是看著弟弟進食，他從來沒有把這種景象看得這麼心滿意足。

化療停止後的第三天，莫瓦桑進了一一七號病房。小巴從沙發上跳起來，急得像是屁股被什麼刺了一下。自從他上次在樓梯間對尼古拉發脾氣之後，他們還沒見面過。

「上次那樣……我很抱歉，」他的臉幾乎紅了，他吞吞吐吐的說。

莫瓦桑搖搖頭，表示已經不記得了。他靠近點滴吊桿，點滴袋裡還裝著透明的液體，沒剩幾滴，他晃晃袋子，湊近西蒙。他輕輕的撕開固定輸入管的膠帶，然後更輕柔的，拔出針管。

「好了。」

西蒙和莫瓦桑深深的對看著。

「你覺得星期一出院怎樣？」尼古拉問。

「出、出院……？」西蒙喃喃說著，不敢置信的樣子。

「不然你以為還要霸佔這裡多久嗎？」莫瓦桑假裝責備的回問。

小巴雙手交叉在胸前皺著眉，也湊過來。莫瓦桑朝他這邊看一眼。

「他接下來去哪？」莫瓦桑問的是西蒙的去處。

「回他的鼠窩呀？扶利什麼那邊。」

小巴很快笑出來，表示自己是開玩笑。

「去我家，」他簡單補充這一句。

莫瓦桑點頭表示很好，這時伊芙琳進房處理剩下的一些護理瑣事。尼古拉和小巴一起走出病房。

「我想問你……」

小巴抓住莫瓦桑的袖子，尼古拉低頭看向小巴的手，他縮回手，像是被燙到一樣。

「西蒙康復了嗎？」

「血癌情況達到完整緩解，這是我們目前的結果。」

小巴不管莫瓦桑的動作，又抓住他的手臂，不讓他躲掉。

「說什麼專業術語我聽不懂，『緩解』是什麼意思？」

他又皺起眉，他不想讓莫瓦桑逃走，他想要聽莫瓦桑說，要聽，還要聽懂。

「我們說『緩解』或說『完整緩解』的意思是說，血液和骨髓裡沒有任何異常的情況，西蒙和你的血液現在是完全一樣了。目前狀況就是『完整緩解』。」

小巴做了個鬼臉。

「頭髮會長回來，」尼古拉向他保證。「他的胃口正在恢復，肉也會長回來的。」

還有其他事情困擾小巴。

「但是，為什麼你們說『緩解』，不說『康復』？」

「因為我們不知道，」尼古拉承認。「表面上看來，我們已經殲滅所有白血病細胞。」

小巴腦中突然浮現走廊上小斐利普和爸媽的畫面。

「還是有可能復發，是這樣嗎？」

「就是這樣，」莫瓦桑確認這一點。「這個原因為何，目前對我們來說還是一個謎。我們認為部分的白血病細胞可能是被改造了，暫時被困在一個有限的範圍，就像休眠一樣。但是不知道什麼東西有可能讓這些細胞重新活化。這就是為什麼我們還要再讓西蒙進行鞏固性治療，一開始一個月一次，接著兩個月一次，接著三個月一次。」

他笑一下，伸出手拍一下小巴的臂膀，作出結論：

「在高中會考之前，我們中場休息一下。他想要通過這個考試。我們大家都想要他考過。現在，抱歉了，我還要去忙。」

莫瓦桑大步走遠了，但是他能感覺到小巴在他身後的目光。

星期一是個大日子，不僅是喬福瑞、伊芙琳、瑪莉雅，整個莫瓦桑教授的醫療科都喜歡這兩兄弟，也都感動於他們不凡的身世。在這個日日與病痛作戰的地方，彷彿得到一刻的喘息。西蒙在等待救護車接他出院之前，跟十幾個人握了手。喬福瑞代莫瓦桑教授致歉，小斐利普昨夜過世了，教授正跟他的爸媽在一起。小巴做了一個氣惱的小動作，接著馬上覺得不好意思。

「可憐的家人，」他真心的說。

不過，喬福瑞還有一個難為情的任務要履行。他從白袍口袋中拿出一個箋封的信封。

「是教授要我交給你的，」他一邊說，一邊拿給小巴。「我想是醫療建議吧……」

才不可能呢。

「對，就是這個。」小巴回答的語氣好像已經跟莫瓦桑講好的一樣。

他心不在焉的把信封折起來，放進長褲的小口袋，接著看向被病情折磨到瘦一圈的弟弟，頭上已經長出一圈細毛了。

「我們走吧，小毛頭？」

救護車就在樓梯下，西蒙讓小巴揹下樓，而不是讓護士麻煩。巴特雷米一路支持他到現在，這場惡夢漸漸被拋在身後。

小巴家裡只有一間房間，他想把房間讓給西蒙，西蒙拒絕了。他想睡在客廳的沙發就好，客廳角落可以放他的書和作業本。

他的衣服就繼續放在行李箱裡面。

「不用拿出來，」西蒙說，「我三週後還要去醫院呢。」

小巴坐在椅子上，兩兄弟互看一眼。兩個人臉上是同樣的一種笑容，帶著嘲弄，又帶著暖心，把他們包在一起。

「謝謝你，這一路，」西蒙說。

「謝謝你，其他的。」

謝謝你毫無預警的走進我的生命，謝謝你改變了我的生命，改變了我。不過，作為大哥，他不想承認這些話，小巴沒再說什麼。西蒙拿出一本書。

「我先離開一下，」小巴說。他另外有件事。

一進房，他拿出那個箋封的信封。他像抖開一個扇子一樣抖著這個信封，試著猜裡面有個什麼。一個約會？一個告白？他打開信封。

默勒風先生見信好：

很抱歉無法親自送西蒙出院。

如果能夠親口跟你說這些話更好，但是這邊請容我用寫的告訴你。第一次我在辦公室見到你的時候，對於你能為你弟弟做出多少奉獻，我連一塊錢都不願意打賭。現在坦承這些，希望你不生我的氣，畢竟接下來發生的事情在在證明我是錯的。三週後我會再見到西蒙，到時很高興能向你致意。

敬候 佳祉

尼古拉・莫瓦桑謹啟

「帥爆了，」小巴躺在床上，愉悅的說。

不過，小巴早該料到，像莫瓦桑這樣高度的人怎麼可能會隨隨便便就愛上他這樣像個孩子般的人呢。尼可拉很小心，他是對的。因為小巴就是個朝三暮四的男人，難以捉摸。這一天晚上，他強迫西蒙跟他帶回家的越南男朋友一起晚餐。這個人根本不是電子雞的發明人，連他說他有十七個表兄弟姊妹都不是真的。

接下來的兩週，兩兄弟努力不發生衝突。當西蒙讀著尼采時，看到他哥哥又在讀之前讀過的《皮小子斯皮魯》漫畫，就只是關愛的問說：
「你上次讀的時候，沒有看懂嗎？」
小巴更是關愛的回答：
「靠北喔。」
不過，他猜西蒙不見得喜歡他的打獵行程，開始避免把約會對象帶到家裡，或是至少不在西蒙醒著的時候。於是，兩兄弟都能忍受對方的日常生活，小巴也在一家咖啡廳找到一個半天的工作。然後是一個星期三，一個美好的星期三，喬瑟安不情願的把兩個妹妹帶到他家樓下。
「小巴，看哪！我把白馬王子帶來給你了！」
薇妮絲揮著一個戴王冠的肯尼，是喬瑟安買給她的。
「你愛嗎？親他一下！親一下！」
「他臉紅了！」摩根尖叫起來，幾乎跟妹妹一樣激動。「他戀～愛了！」
比妹妹都還要靦腆的西蒙都毫不猶豫的笑出來。
「姓默勒風的都是白痴嗎！」小巴也被逗笑了，他大喊著。
這是一個平靜無波的星期三，說長不長，說短不短的星期三，默勒風兄妹在客廳的四面牆壁之間，享受著四人在一起的美好時光。

「兩個哥哥，兩個妹妹，」薇妮絲說著，伸出手指。

這個星期三沒有帕瓦會。對西蒙和摩根來說，童年的痕跡離他們已經很遠了。他們一下長大了不少。兩個人擠在沙發上，就這樣一直看著薇妮絲和巴特雷米玩著，感到心情不那麼沉重。

這是一個沒有明天的星期三，因為喬瑟安盡所能讓他們再也不能見面。

再度入院之前三天，小巴陪弟弟去抽血。抽血處的人認出他們，拿了一張椅子……給巴特雷米。這次檢查是要得知兩個重要結果。第一，白血病是否真的達到緩解。第二，西蒙的整體情況，尤其是依據白血球的數量判斷，是否容許再一次為期一週的療程。回家的路上，西蒙露出疲倦的跡象，還喘起來。他甚至一度怕自己倒下去了，在路中間停下來。

「等等，」他對小巴說。

小巴可以提議抱他走，不過這樣大白天在路上，小巴完全明白西蒙很可能拒絕。所以他等著西蒙恢復一點體力，再繼續一起走下去。

住院前一晚，兄弟倆不停的為了一些小事煩著，一本書不知收到哪裡了，一件襯衫還沒燙。兩人就像兩隻貓一樣豎著毛惱著。電話鈴聲響起，小巴尖叫一聲。

「晚安，」是莫瓦桑教授。「是……小巴嗎？」

「對，我……是。」

「明天早上九點，我等你們。檢測結果沒問題，我們可以繼續了！」

「啊！所以，緩解……」

「病情緩解確認。」尼古拉的口氣就像一個戰鬥機飛行員。

不過，依據喬福瑞的說法，還是要重裝上陣。敵方撤退了，但是尚未全數殲滅。如果白血細胞反攻，先前帶來勝利的藥方就沒有辦法再使用了。鞏固期治療如其名，絕對不是沒有原因的。西蒙十點開始插管，午飯時間就吐了。小巴真想把這些管子拔掉，這些耗盡他耐心和耗盡弟弟力氣的管子，不過他忍下來，推託說要去採購些東西，走了。

隔天，奇怪的事情發生了。校長菲利普先生來看他的年輕學生。他在西蒙午餐時間陪著他，一陣鼓舞下，西蒙竟沒有吐。午餐過後，換哲學老師來到一一七病房。他給西蒙帶一本孔特—斯蓬維爾的傑作：「這本書有一大堆名言佳句可以在考試時派上用場！」下午時，監護權法官和高中班代過來看西蒙。隔天，又換愛咪挺著大肚子來。

「是個女孩唷，」她向西蒙宣布。「你哥哥可開心了，他跟我說：『祝她又笨又美麗，一生運氣好到爆表！』」

西蒙笑了。這句話未免也太小巴風格了。愛咪一離開，換貝娜迪牽著摩根和薇妮絲的手進來。喬福瑞答應讓這兩個小的進來，是因為小巴在醫院裡千方百計的到處拜託。

「太棒了，這麼多人來看我，」晚上時，西蒙說。「你不覺得很棒嗎？小巴？」

「就是呀，就說你是很多人關心的。」

不過呢，計畫這一切的小巴，沒什麼理由太驚訝。就像哲學老師說的：「意志力能戰勝物質」。這一週很快過了，「西蒙根本找不到時間吐呢，」這是小巴說出來的版本。

第十五章

西蒙堅持到底

「我想要看心理醫生，」一天早上，摩根說。

喬瑟安正在幫兩個小女孩準備出門上學，她驚訝到顫了一下。

「心理醫生？薇妮絲的心理醫生嗎？為什麼？在學校出了什麼問題嗎？有同學欺負妳嗎？妳想念媽媽？」

摩根用篤定的臉回應喬瑟安，讓喬瑟安一點頭緒也沒有。

喬瑟安懶得回應，她猜摩根是嫉妒薇妮絲每個週六都去看心理醫生。

「我來問夏皮洛醫生，看看妳能不能去找她，」喬瑟安保證。

「謝謝，」摩根鄭重的說。

摩根舒一口氣。妹妹說心理醫師是治療傷痛的，所以她也想被治療。

桃若思·夏皮洛答應在一個週三下午看她。醫生對她說，她可以用說的、用畫的、用黏土捏、用娃娃說話。摩根看起來很驚訝。

「我是來跟妳聊的。妳會把祕密說出去嗎？」

「我從來不會這麼做！」

「那我要跟妳講我的祕密。」

摩根頭垂低低的，講得非常小聲。

「當媽媽死掉的時候，我們立了一個誓言。我、薇妮絲、西蒙三個人。」

「一個誓言？」心理醫生重複道。

「對，我們約定沒有人可以把我們分開。」

摩根抬起頭，解釋說：

「誓言內容是：『默勒風一家誓死不分離。』」

「『默勒風一家誓死不分離』？」心理醫師重複說。

「對，但是現在我們分開了。」

「你們分開了？」

「我跟薇妮絲在喬瑟安家，西蒙在小巴家或是在醫院。我們背叛了。」

「你們背叛了誓言？」

原來是這樣，這個奇怪的女孩才想要跟她聊。是誰讓她覺得她背叛了呢？是她媽媽？是她自己？還是她的兄妹？全部都有一點。這個孩子看起來除此之外什麼也不想說，心理醫師只能再回到這個話題。

「妳想跟誰一起生活？」

「跟西蒙和薇妮絲一起。」

「只有你們三個人嗎？」

摩根笑了出來。

「不是，還有小巴。」

她遲疑一下，接著說：

「還有喬瑟安。」

她排除了喬瑟安的丈夫，弗蘭索．東皮耶。心理醫師猜測，摩根試圖重組出一個完美家庭，父親、母親、三個小孩。全家都姓默勒風。

「摩根，妳知道人生不是這麼容易的。小孩子不能解決所有的問題，因為，事情是要交給大人決定。」

心理醫師完全沒有料到接下來的反應。這個如此莊重又成熟的小女孩，竟然放聲大哭。

「我、我發誓了！」

桃若思．夏皮洛不會把摩根的祕密說出去，不過她要求跟喬瑟安談談。

「我知道妳不願意，」她開始說，「但是我覺得家庭團體諮商可以……或至少是開個家庭會議，來討論扶養權和其他問題……每個人都應該要說出自己的意見，畢竟，小孩也有立場發言，就算，他們沒有任何權力做決定……」

喬瑟安很小心。摩根大概是要說想見西蒙、薇妮絲、巴特雷米。但是另外一方面，監護權法官遲遲未下判決。一下是好，一下又不好。如果心理醫生見了小巴，如果她並不贊成同性戀，她就會明白那個年輕男子無法擔下三個孩子的教養責任。開個家庭會議可能可以讓局勢轉過來支持喬瑟安這邊。

監護權法官認為這個想法很有意思。藉由心理醫師的居中調停，或許能夠讓小巴和喬瑟安之間的角力來到終點。是羅虹絲打電話通知巴特雷米的，他裝作一副明白的樣子，但其實一點也不明白。他以為大家想要幫他做心理測驗，來判斷他的心理健康狀態。

「不是這個意思，」西蒙暴躁的跟他保證不是這樣。「大家都知道你是瘋子。這是家庭諮商，是為了解開你跟喬瑟安之間的心結。」

但是小巴固執的說：

「『他們』想要治好我。」

「你想太多了！老兄！」西蒙斷然否定。

小巴不聽。

「我就是搞gay，打從出生就是這樣。我到底礙到誰了？」

「礙到我，」西蒙說。「你沒看到我在複習功課嗎？」畢竟，就算是資優生，當一整年中有三分之二的時間都沒上到課時，要補回來的功課還真不少。西蒙現在就在做考前的最後衝刺，第一科考的是哲學。

這場沒有人想要稱之為「家庭諮商」的家庭聚會在週三登場。小巴不太甘願的去了，開場之前已經感到既受傷、又難過，還有罪惡感。他悶悶不樂的看一眼自己的姊姊，連個招呼都沒打。他親一下兩個妹妹，帶著敵意的望向心理醫師，活像自己是要來被切開腦袋一番。薇妮絲算著桃若思擺成一圈的椅子。

「六張！」她大喊。「小巴，你坐我旁邊嗎？」

她以為大家正要玩大風吹，很開心期待遊戲開始。每個人坐下了。桃若思看一圈，留意到：摩根坐在西蒙旁邊，西蒙護著小巴。薇妮絲坐在小巴另外一邊。喬瑟安坐在薇妮絲跟心理醫師本人之間。一圈回到摩根，這場會議的始作俑者。

「我們可以畫畫嗎？」薇妮絲立刻發問。她已經習慣來心理醫生這邊就是畫畫。

「我對畫魔鬼不太在行，」喬瑟安試著開玩笑說。「我們是來聊的，不是嗎？」

她看向心理醫師這一邊。

「你們想聊嗎？」桃若思把球丟回給大家。

喬瑟安打退堂鼓。

「又不是我想聊！」

西蒙等了三秒鐘過後，知道這是怎麼一回事了。

「我想我們是來討論監護權的，」他說。「喬瑟安跟小巴之間的競爭是問題所在。目前為止，監護權法官只有聽大人怎麼說，我認為現在也該聽聽小孩怎麼說。」

「喲，這發言完全對得起你智力早熟的名聲，」喬瑟安稱讚道。「但是我要糾正一點，我沒有感覺跟巴特雷米有什麼好『競爭』的地方。」

「沒有嗎？」小巴喊出來。「從我出生開始，妳就想把我鬥死，我們這樣沒有什麼好競爭嗎？」

西蒙閉上眼睛，還沒開始就累了。這個諮商看起來真不賴。

「你打從來到這世界開始，就是擺出一副受害者的臉色，」喬瑟安反擊。「從來沒有人規定你要做什麼樣子。」

「那對妳來說，我又是什麼樣子呢？」小巴尖聲說。

「我覺得畫畫比較好，」薇妮絲哭音說。

場面又陷入沉默。

「首先，我沒有**擺出**受害者的樣子，」小巴氣著說。「我**就是**受害者。」

「你是受害者？」心理醫師重複這句，她覺得抓到一個重點了。

「我被我爸拋棄了。」

「又來了！」喬瑟安嘆氣道。「在這裡我們每一個人都被爸爸拋棄了。」

「我是最慘的，」小巴頑固的說。「他根本連看都不想看我一眼。」

「那是當然囉，」喬瑟安回嘴說。「他離開時，連媽媽懷孕了都不知道呢。」

「什麼？」

小巴瞪大眼睛。他一直聽到的都是喬治．默勒風拋棄了一個有孕在身的女人這種說法。

「媽懷了你，但是自己還不知道，」喬瑟安解釋說。「你爸是在十二月三十一日這一天消失的。我記得這日子，是因為我們等他回來吃年夜飯。你出生在九月二十三日。所以呢，爸爸離開時，媽媽才剛懷孕不久。」

「那這樣，」小巴尖聲喊，「他連我的存在都不知道！」

「是有其他人有這個榮幸，」西蒙開玩笑說。

這個新的訊息給小巴帶來新的視野，讓他不知如何回嘴。他一直以為，而且他媽也一直讓他這樣以為，喬治．默勒風是故意要拋棄一個有孕在身的女人。用一個孩子的自我中心角度去想，他的結論向來是，爸爸因為不想要他這個孩子所以跑了。

「他不知道有我……」小巴對自己重複著這句話。

「不管怎樣，這件事情都過去了，」喬瑟安說。「他就是個大混蛋。」

「我的爸爸？」西蒙喃喃道。

「很抱歉這樣說，不過這個男人在認養我之後拋棄我，拋棄我媽，拋棄你們……」

「到頭來，我沒什麼能怨他的，」小巴苦笑。

「我也沒有，」西蒙加入說。「第一，我不知道他發生什麼事。第二，就像歌德說的：『當我們了解自己的父母，也原諒自己的父母時，才是我們長大的時候。』」

「高中畢業會考的名言佳句上場了，」喬瑟安說。

對於西蒙，她又想稱讚又想嘲弄一下。

「我有話想說……」

摩根趁著安靜空檔發言了。這個夾在她資優生哥哥和人見人愛的妹妹之間，老是被人忘掉的孩子。

「我就想說，我不想跟西蒙分開。西蒙是我的另外一半。如果我們把一個人跟另外一半分開……」

摩根定定的看著自己眼前張開的左手和右手。她揮著左手。

「那這一半就會很難過，她活得只剩下一半。」

這個愛的宣言如此哀惋動人，讓心理醫師沒辦法用自己重複詰問那一招。

「你知道，自從我捐血給西蒙之後，」小巴說，「我就跟他也是一半一半了。」

「你也是我的另外一半，摩根，」西蒙對她說。

「我是每個人的另外一半！」薇妮絲說，她單純不想要在這個局面中落單。

喬瑟安和巴特雷米匆匆互看一眼。

「我，」小巴說……

我說不出口，他想著。他清清喉嚨。

「我，喬瑟安，是我的另一半。」

一陣沉默。一陣等待什麼的沉默。喬瑟安輕輕的露出一個嘲諷的微笑，邊看著巴特雷米。

「我沒有搞懂這個遊戲，現在我要說你是我的另一半，還是說我是你的另一半？」

「妳就說妳想說的，」小巴哀怨說。

心理醫師屏住呼吸。家庭諮商的時候，往往有神奇時刻，每個人都找到自己那一條路。

「我是小巴的姊姊，」喬瑟安說。「從今天，六月十三日……」

她看了手錶。

「……下午三點三十二分這一刻，我接受這件事。」

西蒙看向自己的妹妹。

「幹得好！」

不過，摩根卻放聲大哭，毀了這溫馨場面。

「我、我就想要、大家……」

「推她，」小巴建議。「要推醒她。」

「想要大家都相親相愛！」

小巴從椅子上跳起來，像搖一棵梅子樹一樣搖她。

「太恐怖了！」喬瑟安又叫出來。

驚呆的心理醫生想要說些什麼，但是摩根還在一下一下打著哭嗝。小巴很滿意的看向自己的姊姊。

「妳看，就要這樣推醒她。」

「帥爆了！」默勒風家最小的那一位大力叫好著。

十天之後，小巴開車載弟弟上考場。第一科哲學，考四個小時。西蒙一臉蒼白，頂著平頭，呼吸急促。

「可以嗎？」小巴問，像個媽一樣緊張。

西蒙微笑。如果努力到極限或是情緒太激動不至於讓他昏倒，那他大概會順利考過吧。四個小時之後，小巴回來考場接他。

「所以呢？」

「『我們能主張各人差異的權利嗎？』」西蒙回答。

這是他選的申論題。

「同性戀到底有權利好好活著，還是要幫他們貼上一個粉紅三角臂章[5]？」

小巴一邊申論著，一邊在路上扭來扭去。

西蒙留意到小巴引來其他高中生的目光，往他哥肩上搥了一拳。

「夠了喔，你讓我後悔申論『是』了。」

這一晚，西蒙幾乎在晚餐前睡著了。他在一陣疲倦的朦朧感中考完其他科，說不出到底答了什麼題，也說不出自己是否滿意。

「現在，準備其他科，」西蒙說，「下週五。」

他還需要回醫院一趟。一個壞消息在莫瓦桑醫生辦公室裡等著他。

「現在沒辦法進行新的療程，紅血球數目暴跌。西蒙，我們現在先給你輸血，治療好貧血，然後你回……小巴家休息個兩週。」

教授微笑著，用暱稱稱呼小巴。巴特雷米很開心的接收這個新消息。不過，一回到一一七號病房，西蒙告訴他自己對莫瓦桑教授一番話的版本：

「貧血，你不記得嗎？你的醫生夏隆醫生那時候就以為我是這個問題，但其實是白血病。我現在是復發了。」

小巴對弟弟的智商有無上的尊敬，他無從反駁。輸血完之後，西蒙回到家，讓他哥很難過日子。西蒙對每件小事都擔心，從肚子痛、胸肋痛，到一塊瘀血。他怨恨小巴都沒發現這些血癌復發的明顯徵兆，也怨恨小巴都沒有試圖說服他情況不是如此。要抽血那一天，兩兄弟已經到了彼此不說話的地步。

四十八小時過後，尼可拉打電話來。

「小巴？好了，跟你弟弟說，可以繼續療程了。」

這通電話讓巴特雷米感到雙重的歡欣：西蒙沒有復發；尼可拉沒有用拘謹的敬語跟他說話。

到醫院時，喬福瑞警告小巴，會給西蒙用嗎啡，在假期前「把他榨乾」。

「不用像第一次那麼擔心，你弟弟會大睡一場，不過不會死。」

小巴聳聳肩，開始習慣這個世界的習慣、獨特的語言和規律。他變堅強了。西蒙開始吐時，是他在旁支持。像往常一樣，是的，像往常一樣。

5 作者註：納粹規定同性戀男人和女人必須配戴十七公分的粉紅色正三角形臂章，顯示性向。在一九四〇至一九四四年之間，許多同性戀被逮補、虐待、關到集中營。

畢業會考的成績在住院時公布了。小巴決定穿得體面一點，無論是勝利或是敗北，總要面對，卻還是心驚膽顫。校長跟他說，根據聖克羅蒂中學的傳統，學生成績會貼在高中布告欄。早上十一點鐘，菲利普在學校川堂迎接家長和學生，幾家歡樂幾家愁。

小巴快到高中時，已經看到這個布告欄前滿滿的人群，他遠遠就認出校長和哲學老師。他點頭致意，突然間，他聽到背後有一聲：

「是小巴，是西蒙的哥哥。」

人群的竊竊私語伴著他走到布告欄，高三一整班同學都在那邊。看到同學的微笑，小巴明白西蒙應該是考過了。在他走近時，人群分出一條路，像是簇擁著他。布告欄上寫著：

西蒙．默勒風　頂標通過

「噢，我的天哪！」小巴喃喃說，震驚了。

他站在那一陣子，沒有意會過來。接著，他轉身，手握著拳往天空方向一擊，大叫：

「他做到咧！」

一陣熱烈的掌聲雷動，伴隨笑聲。校長菲利普先生一臉光彩照人的走向小巴。

「太厲害了，不是嗎？」

校長毫不客氣的給小巴一個擁抱。小巴滿心驕傲的離開，過街後，還回頭看那些目送他離開的人群。他的手再一拳一拳的往天空伸去，連馬路看起來都像是充滿了歡樂。

進了醫院，小巴急著推開一一七號病房門，叫道：

「神真的存在，我要改信摩門教了！」

西蒙嚇了一跳，給哥哥一個茫然的眼神，他連現在是白天還是晚上都不知道。小巴在他身旁蹲下來。

「你打贏了，小子。頂標通過。酷斃了！你明白嗎？」

西蒙眨個眼，微微一笑。

「智商高於常人，」他喃喃說，像是解釋一般。

西蒙睡了。是由小巴來迎接整個病院的道喜。所有人都來恭喜他，跟他談笑。喬福瑞和莫瓦桑聽說了之後，雙雙上樓來到一一七號病房。小巴抓住喬福瑞的白袍領子。

「我知道我給你找了好多麻煩，」小巴嘲弄的說著，接著抱他一下。

莫瓦桑看著小巴的動作，兩手在白袍口袋裡。他伸出一隻手跟小巴握手。

「我們都很高興，」他恭謹的說。

接著，莫瓦桑回到自己辦公室，關起門來。整個人滿溢著欣喜，淚水湧上他的眼睛。太荒謬了。但是太開心了！這個勝利也是屬於他的，戰勝死神的勝利，也許明天就沒有了。但是今天，今天……尼可拉任由自己的情緒奔馳，閉上雙眼，喃喃說：

「噢，我的天哪……」

第十六章

默勒風三兄妹找到棲身之地，讀者必須承認，生活就是如此

在進到監護權法官辦公室之前，小巴腦袋重新走一次弟弟的建議：「不要擺出受害者樣子，不要把自己的私生活捲進來，不要說蠢話逗人笑，不管聽到決定是什麼都要穩住。」

「好的，」他自言自語說著，像是一一在清單上打勾。

他進門。喬瑟安已經到了。鐵定是在討好法官。小巴怒視她們一眼後，趕緊收起眼神，換上一個泛著酒窩的微笑。

「妳們好嗎？」他說，幾乎可以說是迷人了。

「坐吧！」羅虹絲禮貌說。「我們有很多事要處理。」

她看著喬瑟安，又看著巴特雷米。這個會可不容易開。

「今天我們是要，」她重申主題，「將十五歲的西蒙・默勒風、九歲的摩根・默勒風、六歲的薇妮絲・默勒風三人的監護權交給你們其中一個。」

「薇妮絲昨天剛滿六歲，」喬瑟安插話。「我們全家一起慶祝她的生日。」

這一句話，彷彿把一粒沙弄進小巴的眼裡。「全家」意思就是「默勒風－東皮耶」一家。

「目前，」法官繼續說，「西蒙在巴特雷米家沒錯吧？看起來一切都很好？」她問了小巴，小巴沒說什麼，表示同意。

「摩根和薇妮絲則是在妳家，也是一切都很好？」

法官看了喬瑟安。

喬瑟安不想在弟弟面前輸了，稍微誇張了措辭。「薇妮絲如魚得水，不過摩根還是保持距離，不知道心裡打什麼主意。」

「我感謝你們兩位收留這三個小孩的心意和行動，」法官重回主題，她還沒忘記一開始三個小孩子被當燙手山芋般對待。「現在請你們兩位各自跟我說，你們所期待的處理方式。」

小巴示意喬瑟安先說，他還沒忘記自己是個男人。

「我請求三個小孩的監護權，和兩個小女孩的撫養權。」

小巴在椅子上動來動去。羅虹絲用手勢請他稍等。

「我知道西蒙跟小巴感情很好，」喬瑟安繼續說，還努力朝弟弟笑一下。「西蒙快要成年了，如果他希望能留下來跟小巴住一起，我認為必須尊重這個意見。」

「我記下了，」法官說，她很高興喬瑟安的通融口吻。

「至於兩位女孩，我**完完全全**看不出來小巴要如何照顧她們，畢竟……」

小巴都快要從椅子上跳起來了，畢竟什麼？

「……他的公寓空間不夠大。」

喬瑟安想必是跟她先生開過帕瓦會了，才避免說出對她自己不利的措辭。

「除此之外，我希望執行收養兩位女孩的行政程序。」

她轉身面對小巴。

「我無法生孩子，小巴。我的醫生最近跟我確認了這一點。當媽媽是我人生中最想要達成的願望，我還希望能給我的小孩一個我從沒有擁有過的東西：一個真正的家庭。」

小巴低下頭，評論說：

「說得真好。」

他慢慢抬起頭，看向法官。

「換我說了嗎？」

「說吧，小巴，」羅虹絲鼓舞的對他說。

喬瑟安皺起眉。法官比較喜歡小巴。全世界都比較喜歡小巴。

「我不主張我的弟弟和兩個妹妹的監護權，」巴特雷米哀傷的說。「而且，我覺得要負擔起扶養權，我還是太年輕了，金錢上……」

「你可以領社會津貼，」法官提醒他。

「我知道……但是，就像喬瑟安說的，我沒責任感。」

他沒繼續說。不要擺出受害者的樣子，這樣很不健康。西蒙曾經跟他這樣說。

「然後，兩個妹妹呢，」他開始說……

他本來想說，「我不能當她們的榜樣。」但是他又想到西蒙說過：不要把自己的私生活捲進來。你是同性戀不關別人的事。

「……有個媽對她們比較好，」他困難的說出這個結論。

「小巴，謝謝，」喬瑟安衷心被感動了，她急著說。

「等等，」小巴賭氣說，「我還沒說完，這是兩人各退一步。西蒙跟我住，妳說過的。兩個妹妹跟妳住，我說過的。但是，我希望隔週一次的週末，和一半的學校假期，我可以跟妹妹一起生活。」

就像離婚那樣。這就是小巴和西蒙一起討論出來的。現在，巴特雷米必須穩住自己，因為喬瑟安喊起來：

「這樣太超過了吧！等於是把我們的家庭時間給拆散了，讓她們兩個在兩家之間奔波！」

「是的，」巴特雷米承認。

「而且你要讓她們兩個住哪裡？」

「白天在我家。晚上，愛咪可以挪一個房間給她們用。」

他看著法官。

「是我樓上的鄰居太太，妳知道吧？」

羅虹絲隱隱揚起眉。噢，是她。她記得小巴演的那場鬧劇。

「她生了，」他提醒說。「是個小女孩，叫奧德莉。我當她教父。可能會出問題，因為我現在信摩門教。」

不要說蠢話。西蒙才對他說過的。

「開玩笑的，」小巴急急加上這句。「我不是摩門教徒，但我確實是她的教父。愛咪有一個房間可以給兩個妹妹。一切就這樣搞定了。」

喬瑟安輕輕的搖了搖頭。她嫉妒小巴。她不能控制自己這個念頭。她覺得兩個小女孩也比較喜歡他，太不公平了。她把一切都給她們了，而他只會塞糖果給她們吃，讓她們玩電動玩具。但她們還是比較喜歡他。

「感謝兩位的努力，讓我們走出這個死胡同，」法官說。「喬瑟安，已經沒有任何理由不允許妳成為三位小孩的監護人了。巴特雷米，你願意接下代理監護人的責任嗎？」

「妳知道的，我呢，這些稱謂……」

羅虹絲皺了皺眉，示意叫他接受。

「好，同意，」小巴咕噥說。他不喜歡被壓在姊姊之下的感覺。

「我想先跟你們說，能夠在此結案，我相當滿意，」羅虹絲鄭重的說。「畢竟才沒幾個月前，這幾個小孩還只能靠自己，或是等國家機構來養。我在此向你們宣布監護顧問團成立，負責看顧他們的狀況。監護權歸喬瑟安所有。監護顧問團的成員有：社會局專員貝娜迪．沃豪、聖克羅蒂中學校長安端．菲利普、扶利梅西谷孤兒院院長尚．梅歐、聖安端醫院白血病科負責人尼可拉．莫瓦桑教授、監護權代理人巴特雷米．默勒風……」

「咖啡廳侍者，」小巴作結說。

羅虹絲明白喬瑟安沒有百分之百同意這個判決。喬瑟安醫生一開始怕全盤皆輸，現在又失望沒有大獲全勝。儘管如此，她還是吻別了弟弟，離開了。

法官放下心頭重擔，舒了一口氣。她已經盡全力保障巴特雷米的利益了。她所任命的監護顧問團成員能在有糾紛時，站在他這邊，對抗他姊姊。法官對小巴笑一笑。

「辛苦了。你沒有什麼遺憾吧？」

「妳本來打算把兩個妹妹的撫養權給我嗎？」

「說真的，並沒有。」

小巴聳聳肩，一臉從命的樣子。接著，他用鬼頭鬼腦的語氣問：

「妳還有嗎？」

他做一個折斷巧克力片的姿勢。

「噢，有，還有，」羅虹絲臉紅了。「在我抽屜。我抽屜一直都有的。不要跟別人說好嗎？」

「最高機密！但是我想來一點，平復一下心情。」

羅虹絲拿出黑巧克力片，已經開過了。她分享剩下的幾塊給小巴，接著，在小巴眼前，她輕快的咬著巧克力塊堅硬的核心部分。

「妳知道嗎？」小巴邊咬著巧克力邊說，「我覺得妳吃巧克力的時候性感斃了。」

羅虹絲臉又紅了。剛剛是個稱讚呢。

「很遺憾你是在另外一邊的，小巴。」

「是吧？」

離開法官辦公室後，小巴前往聖安端醫院。西蒙不在那裡。莫瓦桑教授請小巴到他辦公室見他。

「所以呢？」他問小巴，「你的家事解決了嗎？」

小巴描述了發生的一切，還不時裝出兩位女士的樣子。莫瓦桑不由自主的笑了，他不太喜歡小巴的那些比手畫腳的樣子，但還是忍不住笑了。

「那西蒙呢？」小巴正色問，「他也解決了嗎？」

「最新的報告結果非常好。這個夏天他吃胖回來了。他還在大學的哲學系註冊好了。」

小巴決定問個困擾他已久的問題。

「你認為他好了嗎？」

「這個類型的白血病，在我負責的病人裡面，有高於百分之八十的康復機率。」

「康復？」小巴重複道。

「對的。」

「那西蒙呢？」

「我很想向你保證：『好了，結束了，我們贏了。』但是其實我不知道。」

小巴明白也只能這樣了。當上監護代理人，不能確定西蒙的病情結果。人生，就是如此。他還剩下另外一件事，抱著希望。他起身，跟尼可拉告別，他打算試一下運氣。

「你今晚有空嗎？隨便問問。」

「沒有。」

這句話說得堅定，幾乎說是鐵石心腸了。莫瓦桑臉上有著一個又累又不開心的表情，小巴很熟悉。

「沒有什麼，就是剛好我有空，」小巴喃喃說，做出一個算了的手勢。

輸了，沒希望了，反正從一開始就毫無勝算。不過，這一次，小巴差點相信有什麼……莫瓦桑戴上眼鏡，看著眼前年輕男子。

「我要看清楚點，」他開玩笑說。

他放下眼鏡。

「我可以撥個空檔……明天中午？」他慢慢說。

「噢，我的天哪！」小巴失望說。「明天我有默勒風一家子要顧，早就約好的，我們要去吃漢堡。」

「很好的主意，漢堡店在哪裡？」

隔天是週六。喬瑟安載兩個小的來到巴特雷米家。她沒有送到樓下而已，而是爬了五樓，進門，問問西蒙近況，跟小巴閒聊一下，把兩個小背包交給他。

「這是她們的東西，」她對弟弟說。「你這個週末照顧她們，下週末輪到我。」

「妳的癖好就是決定我的時間表吧，」小巴抱怨道。

「我把你的白馬王子帶來囉，」薇妮絲戲弄的對小巴說。「他在我背包裡。」

喬瑟安溜走之前，再回頭一次，想說一聲：「明天晚上見，親愛的寶貝！」

客廳裡，小巴和薇妮絲兩人就白馬王子的事吵起來了。西蒙跟摩根拿出書來，摩根是《地心歷險記》，西蒙是《存在與虛無》。像是喬瑟安已經不存在一樣。

喬瑟安心揪得緊緊的，她明白是某一種不明所以的風拂過這個客廳裡。默勒風的風。微風也好，暴風也好。這四個孩子出自同一個爸爸，是那個毀了她童年的大人。他們四個被這個共同點連在一起，把她隔絕在外。或許，如果不想為此傷心，最好接受這件事實。她悄悄的走了。

中午時，四人前往漢堡店。薇妮絲牽著小巴的手。摩根和西蒙並肩在前方走著。小巴就座後，變得有點緊張，頻頻往門口看，又看手錶。莫瓦桑遲到了。或者，他不來了。對那種帥艷的人來說，在漢堡店約會，旁邊擠著一堆默勒風小屁孩，不怎麼吸引人吧。小巴嘆一口氣，吃他的漢堡了。

「噢，噢，我看到一個認識的先生，」薇妮絲說。

四個人一起望向門口。莫瓦桑剛到，看起來像在找人。

「是你的白馬王子嗎？」薇妮絲詢問道。

摩根和薇妮絲同時噗哧一笑。西蒙的白眼翻到天花板。莫瓦桑發現他們，走過來。

「你真是沒救了，」西蒙對哥哥責備的說。

「我沒救，你有救就好，」小巴真誠的說，一邊把手放在弟弟的手上。

摩根突然靈機一動，伸出拳頭，說：

「默勒風一家誓死不分離。」

兩兄弟的手頓時收成拳頭，薇妮絲也遞上自己的拳頭，四個拳頭疊起來。

莫瓦桑看看這疊拳堆，像個脆弱的建物，笑了。

「我也可以加入嗎？」他說。

他把兩隻手掌拱起來，放在最上面，彷彿蓋上屋頂。

少年遊046

噢，我的天哪！

作　者—瑪麗奧德．穆海（Marie-Aude Murail）
譯　者—高竹馨
主　編—何秉修
特約編輯—江莉芬
企　劃—林欣梅
封面設計—陳恩安

總編輯—胡金倫
董事長—趙政岷
出版者—時報文化出版企業股份有限公司
一〇八〇一九台北市和平西路三段二四〇號七樓
發行專線—（〇二）二三〇六六八四二
讀者服務專線—〇八〇〇二三一七〇五
（〇二）二三〇四七一〇三
讀者服務傳真—（〇二）二三〇四六八五八
郵撥—一九三四四七二四時報文化出版公司
信箱—一〇八九九臺北華江橋郵局第九九信箱
時報悅讀網—http://www.readingtimes.com.tw
時報文化臉書—https://www.facebook.com/readingtimes.fans
法律顧問—理律法律事務所　陳長文律師、李念祖律師
印　刷—家佑印刷有限公司
初版一刷—二〇二四年五月二十四日
定　價—新台幣三八〇元
版權所有　翻印必究（缺頁或破損的書，請寄回更換）

時報文化出版公司成立於一九七五年，
並於一九九九年股票上櫃公開發行，二〇〇八年脫離中時集團非屬旺中，
以「尊重智慧與創意的文化事業」為信念。

噢，我的天哪！/ 瑪麗奧德．穆海 (Marie-Aude Murail) 著；
高竹馨譯. -- 初版. -- 臺北市：時報文化出版企業股份有限公司，
2024.05
面；　公分. -- (少年遊；46)
譯自：Oh, boy!
ISBN 978-626-396-272-9(平裝)

876.59　　113006258

Original title: Oh, boy! by Marie-Aude Murail
Copyright © 2000, *l'école des loisirs*, Paris
Published by arrangement with The Grayhawk Agency
Translation copyright © 2024 by China Times Publishing Company
All rights reserved.

ISBN 978-626-396-272-9
Printed in Taiwan